www.united-pc.eu

Ariane Failer

Enayrah von Mamnouna

Die Reise zu den Griechen

1.

Eintönig prasselt der Regen auf die Erde, und ich langweile mich.

Nichts passiert, und so hänge ich meinen Gedanken nach. Das mache ich gerne, besinne mich auf Geschichten aus meinem Leben. Ja, und sie gefallen mir so gut, dass ich mich immer gerne an sie erinnere. Die Erinnerungen färben sie oft rosa.

Ich rücke meinen Ohrensessel an das Fenster, an dem die Regentropfen herunter rinnen. Ach ja, fast hätte ich meinen Wein vergessen. Ich stelle ihn bereit und schenke mir einen Kelch voll ein.

Der Kamin flackert und hüllt den Raum in warmes Licht ein. Cheschmesch, Nadjieb und Aslan, meine Salukis, genießen die Wärme, und haben sich vor dem Ofen wohlig ausgestreckt.

Vor meinem geistigen Auge erscheinen meine Eltern, und meine gedankliche Reise zu meinem Anfang beginnt in Singastein, wo wir wohnen.

Meine Familie entstammt einer alten Dynastie von Zauberern, dem Stamm der Mamnouna. Es war meinem Urgroßvater gelungen, Gold herzustellen, und er schuf eine schwere Kugel aus diesem edlen Metall. Von seinem Urgroßvater hatte er drei herrliche Edelsteine geerbt, einen gelbbraunen Bernstein aus dem Reich der Pruzzen, einen weißen Diamanten aus Südafrika, und einen roten Rubin aus Indien. Diese drei Steine arbeitete er sorgsam in die Goldkugel hinein und band gleichzeitig einen Zauber in sein Werk.

Der rechtmäßige Besitzer dieser goldenen Zauberkugel verfügt über Macht, mit welcher er alles zum Guten wenden kann. Er kann aus einem Orkan einen forschen Sturm machen, aus heftigem Hagel Regen, aus einer Missernte wenigstens genug zum Überleben für Mensch und Tier. Auch kann er aus Feinden faire Gegner machen und aus Gegnern Freunde. So war es nicht verwunderlich, dass meine Familie bei Hofe sehr gern gesehen war. Darum wurde Vater häufig vom Herrscher unseres Landes zu Rate gezogen.

Geriet hingegen die Zauberkugel in falsche Hände, würde alles umgekehrt verlaufen, aus Freunden würden Gegner, aus Gegnern Feinde, aus einer knappen Ernte eine Hungersnot, aus Regen eine Sturmflut und aus einem Wind ein Orkan. Doch das wusste nur meine Familie, glaubten wir, und die schwieg.

2.

Vater war sehr aufgeregt und machte alle verrückt. „Mein Sohn wird gleich geboren", er rannte treppauf und treppab, nach oben zu meiner Mutter, ob sich da nicht inzwischen etwas getan hat, nach unten, um den Anwesenden den neusten Stand meiner ungeduldig erwarteten Geburt zu vermelden.

„Giselher wird er heißen", hatte mein Vater längst beschlossen, und meine Mutter seufzte.

Endlich war es so weit, und im Wasserzeichen der Fische erblickte mich das Licht der Welt. Eigentlich hatte ich mich in meiner Mutter recht wohl gefühlt, aber es nützte nichts, meine behagliche Zeit war abgelaufen und ich musste auf diese Welt kommen.

Empört schrie ich, bis ich blau anlief, und mein Vater prallte entsetzt zurück: „Ein Mädchen, und so hässlich! Kann man die umtauschen? Das soll meine Tochter sein?"

Mutter hatte nur die Hälfte mitbekommen. Sie freute sich, dass ich ein Mädchen war, und vernahm nur halb bewusst den Ausruf meines Vaters. „Nennen wir sie doch Enayrah", meinte sie. „Wie eine Wassernixe." Und so hieß ich fortan, Enayrah. Immer noch besser, als Giselher, fand ich.

3.

Schon bald konnte ich laufen und entdeckte meine kleine Welt. Besonders freundete ich mich mit den Tieren auf unserem Hof an, da gab es Hühner und einen Hahn, Schweine, Rinder, Ziegen, Schafe und Pferde. Es dauerte nicht lange, und ich verstand ihre Sprache. Es gab viele kleine Begebenheiten, die wir uns erzählten.

Auf unseren Ackergäulen Lotte und Hans lernte ich reiten. Fortan ging ich nicht mehr zu Fuß, wenn ich es irgendwie vermeiden konnte.

Jahre gingen ins Land, und ich wuchs heran. „Bald bist du eine junge Dame", scherzten meine Eltern, wovon ich mich nun täglich im Spiegel überzeugte.

Eines Tages schlenderte ich wieder über unseren Hof, als mich ein Schatten traf. Überrascht schaute ich nach oben und bemerkte einen großen Vogel, der seine Kreise über unserem Gehöft zog. Es war ein Adler! Misstrauisch schielte ich nach oben, ob er wohl unsere Lämmer stehlen wollte.

Der majestätische Vogel ließ sich auf unserem Hausgiebel nieder, und ließ mich nicht aus seinen Augen. Gebannt starrte ich ihn an, er war imponierend, als er plötzlich zu sprechen anfing!

„Enayrah!", rief er mich, „Enayrah!" Ich war starr vor Schreck. „Enayrah von Mamnouna! Ich habe eine Nachricht für dich!" Dann machte er eine bedächtige Pause, während er sich wieder in die Lüfte erhob und sich dann auf einem Baum niederließ.

Ehrfurchtsvoll betrachtete ich sein prächtiges Gefieder, während er fortfuhr: „Zur Erfüllung der Weissagung haben die Götter ein Geschenk für dich vorgesehen."

Welche Weissagung und welches Geschenk? Ich war neugierig, was es sein würde, und sah den Greif erwartungsvoll an. „Das fliegende Pferd Pegasus und das weiße Einhorn haben ein Fohlen auf die Welt gebracht. Es ist ein ganz besonderes Fohlen", dabei hob er ab und beschrieb in der Luft einen großen Kreis, und ich dachte schon, er fliegt weg. Doch der Adler kam im Sturzflug zurück und rief: „Sie wollen es dir schenken, denn euch sind große Abenteuer vorbestimmt." Mit diesen Worten flog er davon. Aufgewühlt blickte ich ihm nach, bis er als kleiner schwarzer Punkt hinter den Wolken verschwand.

Ich war wie benommen, rannte zum Haus zurück „Mutter! Vater!" Außer Atem erreichte ich meine Eltern. „Ein Adler brachte mir eben eine Nachricht", und aufgeregt berichtete ich von meiner erstaunlichen Begegnung.

Meine Eltern sahen sich vielsagend an und Mutter machte ein besorgtes Gesicht. „Es ist wohl nun bald so weit."

„Was ist wie weit?" Doch eine Antwort wartete ich nicht ab, denn in diesen Augenblick traten Pegasus und das weiße Einhorn aus dem raschelnden Gebüsch hervor. In ihrer Mitte tanzte munter ein kleines weißes Stutfohlen, machte übermütige Bocksprünge. Es hatte die Flügel von seinem Vater, und das gedrehte gerade Horn von seiner Mutter geerbt.

Überwältigt von meiner Freude lief ich auf die drei zu und schloss das Fohlen in meine Arme, mochte es gar nicht mehr loslassen. „Sie heißt Marah." Mit diesen Worten drehten sich ihre Eltern um, und verschwanden kaum von mir beachtet wieder im Gebüsch. Ich hatte nur noch Augen für mein Fohlen, konnte meine Hände nicht mehr von ihm lassen, drückte seinen kleinen Hals an meine Brust und war überglücklich!

Eilig richtete ich meiner neuen Freundin einen Stall her. „Sicher magst du Äpfel und Möhren, Hafer bekommst du auch gleich, kleine Marah."

Jeden Tag fütterte ich die Kleine, führte sie aus, und als sie größer wurde, setzte ich mich behutsam auf ihren Rücken. So gingen zwei Jahre ins Land, als das Unglück über uns kam.

4

Von uns kaum bemerkt, spähte eine schwarz weiße Elster ständig unseren Hof aus. Zunächst schenkten wir ihr keine Bedeutung. Doch sie wurde immer aufdringlicher. Nun, wir lieben alle Tiere und ließen sie gewähren. Eines Tages flog sie auf unseren Tisch, an dem wir zu Mittag aßen, und legte ihr Köpfchen schräg mal nach links, mal nach rechts. „Du bist aber frech!", Mutter wischte sie vom Tisch, doch schon war sie wieder da, hüpfte zwischen unseren Tellern einher. Lachend scheuchte Vater sie fort, sie flatterte weg, aber nicht nach draußen, sondern hob ab in die Schlafkammer meiner Eltern hinein. Wir beachteten sie nicht und aßen weiter.

Eine kleine Weile später schwirrte die Elster über unsere Köpfe hinweg wieder ins Freie, wir konnten gerade noch erkennen, dass sie etwas Glitzerndes im Schnabel davon trug.

Mein Vater sprang plötzlich auf, ganz blass war er geworden, und eilte ins Schlafzimmer. Meine Mutter und ich schauten einander erstaunt an, und gingen ihm verwundert nach. Da stand er nun mit dem Tuch in seiner Hand, in welches die goldene Kugel mit den eingelassenen Edelsteinen eingewickelt war. Er war ganz grau im Gesicht und starrte auf das leere Tuch. „Die Djinnyjah", keuchte er, verzweifelt hob er seinen Blick und sah uns aus großen dunklen Augen an.

Seit Urzeiten war unsere Sippe mit den Djinnyjah verfeindet, einer Zaubererdynastie, die stets Böses im Schilde führte. Dass sie unserer Familie aber auch der ganzen Welt zu schaden trachteten, und dazu ihren Zauber benutzten, hatte ich schon vermutet.

Die Djinnyjah wohnten in Söhldehain.

5.

Unser Familienrat tagte, und nun erfuhr ich von dem Geheimnis der goldenen Kugel. Vater sprach mit belegter Stimme: „Enayrah, die Weissagung hat bestimmt, dass du dich mit Marah auf die Suche nach der Goldkugel begeben musst." Sorgenvoll sah er mich an und Mutter wischte sich eine heimliche Träne von ihrer Wange. Dann erzählten mir meine Eltern, was alles am Gelingen meiner Mission hängen würde.

„Wer im Besitz dieser Zauberkugel ist, verfügt über eine unheimliche Macht. Er kann aus Nieselregen einen starken machen, aus einem leichtem Wind einen Orkan, aus kleinen Meinungsverschiedenheiten eine ewige Feindschaft zwischen den Menschen, ja, sogar zwischen Völkern. Aber auch umgekehrt vermag die Kugel Einfluss zu nehmen. Sie bewirkt Nieselregen statt starkem Regen, bändigt einen Orkan zur sanften Brise und versöhnt Feinde zu Freunden." Vater holte tief Luft bevor er fortfuhr: „Nun ist die Zauberkugel im Besitz der Djinnyjah."

Ich saß wie versteinert auf meinem Stuhl, mir stand die Bedeutung des eben Erfahrenen deutlich vor Augen, und somit stellte ich mich gedanklich auf meine Aufgabe ein. Am folgenden Morgen würde ich aufbrechen.

Ich schnürte meine beiden Rucksäcke, als Vater zu mir trat. „Enayrah, hier gebe ich dir meinen Wünschebecher. Wann immer du dir etwas wünschst, geht es umgehend in Erfüllung." „Danke, Vater", sagte ich und packte das silberne Trinkgefäß ein. „Nimm bitte diesen seidenen Schleier mit, Tochter, wenn du ihn dir umlegst, wirst du unsichtbar." Mutter reichte mir ein fein gewebtes Tuch. „Wenn du in Gefahr gerätst, benutze es. Alles, was du berührst oder was sich unter dem Schleier verbirgt, kann man auch nicht mehr sehen."

Dankbar nahm ich die Gaben an mich.

„Kind, warte noch", Mutter lief in die Küche, kam mit einem Brot, einer Dauerwurst, einem Käse und einer Flasche Wein zurück. „Wenn du davon isst oder trinkst, wird es nicht weniger, weil es sich immer wieder erneuert. So muss ich mir keine Sorgen machen, dass du Hunger leiden wirst."

Nun verteilte ich meine Schätze auf beide Rucksäcke und verstaute sie auf Marahs Rücken. Es erwies sich als glücklicher Umstand, dass ich auch die Sprache der Vögel verstand, denn sie wiesen mir die Richtung, die die diebische Elster genommen hatte.

Zum Abschied nahm mich Vater in seine Arme. „Enayrah, unser aller Hoffnung ruht auf deinem Erfolg, du weißt worum es geht." Dann nahm Mutter meinen Kopf in beide Hände, küsste mich auf die Stirn und sagte mit brechender Stimme „Enayrah, ich werde jeden Tag zu den Göttern um den Erfolg deiner Mission flehen, bitte passe gut auf dich auf."

Nach diesem Zuspruch setzte ich mich auf Marahs Rücken.

„Auf Marah, es geht los!" Sie wieherte übermütig, und im wilden Galopp stürmte meine Stute los. Nach zwanzig Galoppsprüngen war sie so schnell, dass sie sich in die Lüfte erheben konnte. Dazu klappte sie ihre

Flügel auf, die sie sonst an ihrem Hals und Körper angelegt hatte, und an dem die Federn wie Mähne aussahen. Hoch und höher ging der Flug, unser Hof wurde immer kleiner, bis er gar nicht mehr zu sehen war.

Wir überflogen Wälder, Felder und Seen immer dem Sonnenaufgang entgegen, der Richtung, die uns die Vögel wiesen. Nachts schliefen wir unter einem Baum, im hohen Gras, an Flüssen, wo immer Marah es sich gütlich machen, und grasen konnte.

Schließlich kamen wir an ein hohes Gebirge. In einem Tal fanden wir eine schöne Waldwiese und landeten. Ich nahm Marah die beiden Rucksäcke ab. „Geh, Marah, hier wächst herrlich saftiges Gras, ich sammle inzwischen Zweige und Äste für ein schönes Lagerfeuer." Marah schnaubte zustimmend, und verbarg ihren schönen Kopf im hohen Gras.

Ich hatte genug Holz gesammelt, und wollte meine Lagerstätte aufschlagen, aber meine Rucksäcke waren plötzlich fort! Da, ein Rascheln hinter einem Haselnussstrauch. Ich eilte hin und sah, wie sich ein kleiner Gnom an meinem Gepäck zu schaffen machte. Mit Mühe schleppte der schmächtige Wurzelzwerg an dem Gewicht herum, und keuchte vor Anstrengung.

„Was machst du denn da?", rief ich ärgerlich, „Lass sofort los!" Erschrocken hielt der kleine Troll inne, dann sammelte er sich, holte tief Luft und schrie „Du bist hier in meinem Reich, in meinem Wald. Gib mir was, oder verschwinde von hier!"

Nun, ich bot ihm einen Becher Wein an, den er vorsichtig abschmeckte. Er schien ihm zu munden, und zusammen tranken wir noch einen Becher.

13

„Ich bin Enayrah", stellte ich mich vor. Überrascht sah mich der kleine Waldschrat an. „Enayrah? Bist du ein Wassergeist?", und plötzlich sprang er auf, wich vor mir zurück, bereit zu fliehen.

„Ich? Ein Wassergeist? Nein, wie kommst du darauf? Ich bin nur im Zeichen der Fische geboren." Nun konnte ich sehen, wie sich der Kleine wieder entspannte. „Mein Name ist Andvari", stellte er sich vor. „Mit den Wassernixen liege ich nämlich seit 100 Jahren im Streit, weil sie meine Höhle unter Wasser gesetzt haben, und ich immer nasse Füße bekomme." Mit einem listigen Blick rückte er wieder näher. Willst du mir nicht helfen, die Elfen zu vertreiben?"

Irgendetwas warnte mich, und ich bat mir eine Nacht Bedenkzeit aus. Am nächsten Morgen würde ich ausgeruht meine Reise fortsetzen, und den unheimlichen Zwerg vergessen.

Marah graste in der Nähe und hatte stets ein Auge auf meinen kleinen Gast und mich. Meinem Ross und mir war Andvari nicht geheuer, denn es war bekannt, dass die Erdgeister allerhand Schabernack trieben, sie stahlen und forderten Wegzoll.

„Einverstanden!", erklärte ich, und Andvari schielte wieder begierig zu meinen Rucksäcken hin, während er sich zurück in die Büsche schlug.

Ich legte noch etwas Holz nach, dann nahm ich meine Rucksäcke als Kopfkissen und deckte mich zu. Lange konnte ich nicht einschlafen, denn nächtliche Geräusche drangen an mein Ohr. Da raschelte eine Haselmaus in den Blättern, dort rief ein Käuzchen und in der Ferne röhrte ein Hirsch. Ein Fuchs heiserte in der Nähe.

Ich dachte an den Gnom, es war mir unbehaglich, ihn in der Nähe zu wissen. Doch nach Mitternacht fiel ich endlich in einen tiefen Schlaf, Marah in meiner Nähe, die sich auch niederlegte.

Irgendetwas kitzelte mich an der Nase, es war ein Sonnenstrahl, ein neuer Tag war angebrochen. Marah stand auch schon auf ihren Beinen und scharrte unruhig mit ihrem Huf.

6.

Noch etwas schlaftrunken richtete ich mich auf, doch dann war ich plötzlich hellwach, sprang auf meine Füße. Einer meiner Rücksäcke war fort!

Ich muss mich in der Nacht auf die Seite gerollt haben. „Marah, mein Rucksack! Er ist weg! Hast du etwas gesehen?"

Marah tänzelte nervös herum, sie machte sich auch Vorwürfe, nichts von dem dreisten Diebstahl bemerkt zu haben.

Es war klar, wer der Dieb war, und aufgeregt durchsuchte ich meinen verbliebenen Rucksack. Gott sei Dank, der Tarnschleier und meine Speisen waren noch darin, aber mein Wünschebecher im anderen Rucksack war fort!

Ich schlang meine Arme um Marahs Hals, atmete ihren angenehmen Pferdegeruch ein und versuchte, meine Gedanken zu sammeln. „Lassen wir uns erst einmal stärken", meinte sie, „dann überlegen wir uns, was wir tun können." Das schien mir eine gute Idee, und so verzehrte ich mein Frühstück, während Marah sich wieder über das saftige Grün auf der Lichtung hermachte. Langsam schlenderte meine Stute grasend über die Weide hin zu einem kleinen Teich, um dort ihren Durst zu stillen. Ich folgte ihr, suchte in ihrer Nähe Trost, dann setzte ich mich ans Ufer, überlegte, wie ich den Dieb finden konnte.

Gedankenverloren warf ich kleine Kieselsteinchen ins Wasser, als ich ein Murmeln und zarte Rufe vernahm. Verwundert blickte ich mich um, die Laute schienen aus dem Teich zu kommen. „Aua, warum bewirfst du uns mit Steinen?" Verdutzt stand ich auf, um die Rufer ausfindig zu machen, konnte aber niemanden erblicken. Nun kamen die Stimmen aus dem Röhricht und ich vermeinte, lauter bunt schillernde Libellen zu sehen, die in der Morgensonne flirrten.

Sie tanzten näher an mich heran, und ich erblickte wunderschöne, kleine Wassernixen, feengleich umschwirrten sie mich, ziepten hier an meinen langen Haaren, kniffen mich dort in meine Wangen und zupften an meinen Ohren herum. „Ich wollte euch nicht ärgern, entschuldigt bitte, und hört auf an mir herumzuziehen" rief ich, während ich vorsichtig die kleinen Plagegeister abwehrte.

„Nur, wenn du versprichst, uns in Ruhe zu lassen", säuselten die kleinen Schönheiten. Das versprach ich nur allzu gerne, und neugierig versammelten sich die kleinen Nymphen um mich herum, wobei sie sich an den Halmen am Ufer festhielten. Dazu flatterten sie mit ihren gläsern anmutenden Flügelchen, und ich konnte ihre wunderschönen Kleidchen bewundern.

Es gab azurblaue Seidengewänder, zyklamrote, sonnengelbe, grasgrüne, silberne, goldene und bunte in den schönsten Farben, die man sich nur vorstellen kann. Dazu hatten sie wundervolles langes Haar, welches in weichen Wellen bis an ihre Hüften reichte. Noch nie hatte ich solch eine Farbenpracht, solch wunderschöne Wesen gesehen!

Meine offenkundige Bewunderung schmeichelte ihnen, und so lächelten sie mich an. Eine der Elfen fiel mir besonders auf, sie war ein wenig größer, und trug das prächtigste Gewand von allen. „Ich heiße Atefee", stellte sie sich vor, „und das sind alles meine Schwestern", dabei machte sie eine ausladende Geste zu den anderen Zauberwesen hin. Ein summendes Gemurmel hob an, denn alle stellten sich gleichzeitig vor. Ich musste lachen, denn es klang wie eine schöne Musik.

„Und mein Name lautet Enayrah."

Plötzlich erklang ein wirres Gesumme, meine neuen kleinen Freundinnen waren ganz aufgeregt, flatterten wild hin und her, und alle redeten auf einmal auf mich ein. „Ruhe!", rief Atefee, und alle verstummten. Gespannt wartete ich auf das, was jetzt geschehen würde. Sie wandte sich mir zu, und begann zu erzählen.

7.

„Vor hundert Jahren war es, als sich Andvari, der Berggeist, und unser Fürst, der Herrscher allen Wassers, Atlopec, erzürnten. Es geht immer noch um den

Weltenbaum Yggdrasil, der auf dem Gebiet des Gnomen steht, aber unter ihm beginnen die Quellflüsse der Elbe. Nun erhob jeder Anspruch auf den Ort, der uns heilig ist. Atlopec, weil er der Herrscher allen Wassers ist und Andvari, weil er Herrscher der Berge und des Waldes ist. Sie konnten sich nicht einigen, also begannen sie, sich gegenseitig zu schikanieren. Atlopec ließ es regnen, bis alles unter Wasser war. Dafür rächte sich Andvari mit heftigen Erdrutschen, sogar Geröll und große Steine ließ er die Hänge in Atlopecs Seen rutschen, bis diese nur noch kleine Teiche und Tümpel waren.

Eines Tages entführte Andvari Atlopecs Braut Amanda, die seither in den Tiefen des Gebirges nach ihrem Bräutigam schmachtet. Amandas Tränen der Verzweiflung ließen einen neuen kleinen Bach entstehen, und jede Träne von ihr ist ein Hilferuf an Atlopec. Darum heiß er auch nur noch der Tränenbach, aber auch Urd, der unterirdisch auch in die Elbe mündet."

Das war eine erstaunliche Geschichte, und gebannt lauschte ich weiter der feinen Stimme von Atefee.

„Atlopec rief seinen Vetter Aello zu Hilfe, den Gebieter über Wind und Sturm. Der ließ so manch heftiges Unwetter über Andvaris Land brausen, doch mehr, als Bäume abknicken, oder grimmige Kälte schicken, konnte er auch nicht. Und so ist die Situation bis heute geblieben. Andvari überstand alle Widrigkeiten im Inneren seiner Berge. Aber aus Bosheit quält er zudem noch Amanda, deren Schluchzen durch die Täler dringt."

Das ging mir zu Herzen und auch Marah lauschte gespannt ohne weiter zu grasen.

„Wir alle sind so traurig, aber es wurde uns geweissagt, dass eines Tages eine Meerjungfrau erscheint, die dem bösen Spuk ein Ende bereiten wird, die Enayrah heißt. Jetzt weißt du auch, warum wir so freudig erschrocken waren."

Verdutzt schaute ich Atefee an. „Aber ich bin doch gar keine Meerjungfrau, nur im Wasserzeichen der Fische geboren."

„Aber die hundert Jahre sind um", erklärte Atefee, „Wir glauben an dich. Außerdem bist du in Begleitung eines geflügelten Einhorns, und auch davon wurde einst berichtet." Marah schnaubte leise, „Ja, Enayrah, uns wurden viele gemeinsame Abenteuer vorausgesagt, wir können nicht mehr zurück, bis wir unsere Aufgaben erfüllt haben. So steht es in den alten Rollen von Singastein geschrieben."

„Du hast davon gewusst?", erstaunt sah ich Marah an, „das hättest du mir aber wirklich erzählen können." Verlegen blickte mein Ross zur Seite, „Das durfte ich nicht, es hängt mehr davon ab, als du dir vorstellen kannst." „Und was?", fragte ich etwas verärgert nach, denn eigentlich hatte ich Vertrauen erwartet. „Das Wohl Deiner Eltern, des Reiches und aller Tiere, die darin wohnen. Außerdem müssen wir Unglück in anderen Ländern verhindern und die goldene Kugel wieder finden." „Wenn ihr das alles gewusst habt, warum habt ihr dann nicht die Elster am Diebstahl gehindert?", wollte ich wissen. „Das ist eine gute Frage", meinte Marah, „aber es war auch vorausbestimmt, dass sich die bösen Mächte die goldene Kugel anzueignen versuchen. Ob, und wann sie es aber schaffen würden, war nicht bekannt."

„Ich sehe aber trotzdem in dieser ganzen Aktion keinen Sinn, wozu das Ganze?"

„Um die Menschen wach zu rütteln, daran zu erinnern, dass sie selbst wieder kritisch über den Sinn des Lebens und auch über ein friedliches Leben miteinander in einer heilen Natur nachdenken", wobei Marah mit ihrem Kopf auf und ab nickte.

8.

Atefee setzte sich auf meine Schulter. „Bitte, Enayrah, hilf uns, hilf Atlopec und Amanda, damit sie wieder zueinander kommen können. Unsere Kraft endet dort wo Andvaris Macht beginnt."

Ich musste erst einmal meine Gedanken ordnen, zu viel war jetzt auf mich eingestürmt. Mein Ziel war, die goldene Kugel zu suchen und zu finden. Jetzt erwartete man von mir, Amanda aus den Klauen von Andvari zu retten, der außerdem noch meinen Rucksack mit dem Wünschebecher gestohlen hat.

„In Ordnung", erklärte ich, „aber zuerst brauchen wir einen Plan, und dabei müsst ihr mir helfen". Erleichtert klatschte Atefee in ihre kleinen Händchen. „Ihr Schwestern, kommt herbei, und lasst uns einen Plan schmieden!"

Wir beschlossen, dass die Elfen mich in die Nähe der Quelle von Urd geleiten würden, da der Fluss teilweise auch unterirdisch verlief, und ich ihn nicht sehen konnte. Zwar vermochten die Elfen ihm unterirdisch auch nicht zu folgen, weil dort wiederum Andvari herrschte, jedoch kannten sie den Verlauf unter den Bergen und durch überirdisches, undurchdringliches Gestrüpp.

Ich setzte mich auf Marah mit dem verbliebenen Rucksack vor mir. Vorsichtshalber nahm ich den seidenen Schleier heraus, und steckte ihn zusammengefaltet in meine Brusttasche.

Umtanzt von den Elfen ritt ich den Weg entlang, den sie mir wiesen. Atefee setzte sich auf meine Schulter, und berichtete, was ich unbedingt wissen musste, bevor ich in Andvaris Reich hinunter steigen würde. „Er hat Wachen, die Eindringlinge abfangen und ihm melden. Du musst sehr vorsichtig sein! Gleich am Eingang wacht Arachnudia, eine riesige Spinne, die ihre silbernen Stolperdrähte sorgsam gesponnen und ausgelegt hat. Gerätst du in ihr Netz, ist es um euch geschehen! Nur an der unteren rechten Seite ist ein Durchkommen möglich, dort ist kein Netz, weil Andvari und seine treue Dienerin Gastropodia dort hindurch gehen. Gastropodia ist eine Riesenschnecke, zwar langsam, aber wo sie lang gekrochen ist, hinterlässt sie eine giftige Schleimspur, die sieben Stunden lang giftig bleibt. Wer mit ihrer Schleimspur vor Ablauf der sieben Stunden in Berührung kommt, wird zu Stein. Weil aber Gastropodias täglicher Weg, den sie zurücklegen muss, acht Stunden dauert, wird ihre Schleimspur nur für eine Stunde ungiftig sein. Also bleibt dir nur eine Stunde Zeit, Amanda zu retten, und deinen Rucksack mit dem Wünschebecher zurückzuholen. Bedenke, du musst auf demselben Wege wieder zurück. Andvari hat im Laufe von tausenden von Jahren allerhand Schätze zusammen geraubt, die lässt er von der Riesenassel Isopodia bewachen."

Das waren allerhand Informationen, und mir kamen Zweifel, ob ich das wohl alles schaffen würde.

„Isopodia ist verfressen, sie hat immer Hunger, das ist deine Chance", fuhr Atefee fort. Bring ihr verfaultes Obst mit, vielleicht kannst du sie damit ablenken."

In meine Gedanken versunken ritt ich weiter auf dem Weg, auf dem die Elfen vor mir her flogen. Wir kamen an einem wilden Apfelbaum vorbei, und ich hob einen faulen Apfel auf, um ihn in meine Tasche zu stecken.

Am nächsten Morgen waren wir am Ziel. „Dort hinter den Büschen ist der Eingang von Andvaris Höhle, jetzt bist du auf dich allein gestellt." Atefee flog von meiner Schulter herunter und klammerte sich ganz in meiner Nähe an einen Busch, „Wir müssen hier auf dich warten." Ich saß ab und nahm Marah den Rucksack vom Rücken. Hinter Sträuchern geduckt belauerten wir den Eingang zur Höhle. Es dauerte gar nicht lange, als Gastropodia erschien. Sie hatte einen roten glitschigen Körper und Fühler, die sie in alle Richtungen drehen und wenden konnte. Damit tastete sie ihren täglichen Weg ab. Ich sah auch, wie sie ihren stinkenden Schleim absonderte, auf ihm dahin glitt, und wieder in Richtung Höhle kroch. Als sie unter dem Loch von Arachnudias Netz ankam, tippte sie dieses mit ihrem Fühler an, um die Riesenspinne zu ärgern. Und jedes Mal fiel diese erneut darauf herein. Sie hoffte auf Beute, aber stets war es die Riesenschnecke, die sich einen Spaß daraus machte.

„Eines Tages fresse ich dich doch!", rief Arachnudia wütend. Zu gern hätte sie ihrer Kollegin den Garaus gemacht, fürchtete sich aber vor Andvari, der alle Kriecher beherrschte, die mit ihm lebten.

Das war interessant! Die Beiden mochten sich nicht.

„Atefee, könnt ihr Elfen meinen Rucksack bewachen, bis wir wieder da sind?" Sofort hub ein Summen an, weil alle Elfen gleichzeitig ihren Eifer bekräftigen wollten. „Ruhe!", rief Atefee. „Seid leise, bevor wir auffallen. Aber natürlich bewachen wir deinen Rucksack."

Nun musste ich nur noch sieben Stunden warten, um in Andvaris Höhle zu gelangen.

9.

Ich vergewisserte mich noch einmal, dass ich den faulen Apfel und den seidenen Schal in meinen Taschen verstaut hatte. Die Sonne wanderte weiter, und als sieben Stunden vorüber waren, näherten Marah und ich uns vorsichtig dem Höhleneingang.

„Riechst du noch was, Marah?" Der Gestank der Schleimspur war wie weggeblasen, offensichtlich hielt er nur sieben Stunden lang vor. Wir blieben stehen, damit sich unsere Augen an die Dunkelheit gewöhnen konnten, trauten uns fast nicht, zu atmen. Es war gut, dass wir gewartet hatten, denn das Spinnennetz bestand nicht nur aus sorgsam miteinander verwobenen Silberfäden, es hingen auch feinere Fäden von oben herunter und nahmen jeden Luftzug wahr.

Marah geriet vor Anspannung in Schweiß, und ich saß ab. Nur so konnten wir unter den herunterhängenden Fäden hindurch, ohne sie zu berühren. Ganz langsam und vorsichtig schlichen wir in gebückter Haltung an Arachnudias gewobener Falle hindurch, als ich an der Höhlendecke lauter weiße zusammengeklebte Eier gewahrte. „Marah, schau mal, da oben sind Eier von der Spinne. Kannst du die mit deinem Horn herunter holen?", flüsterte ich meinem treuen Ross ins Ohr. Marah schaute mich ohne jede Begeisterung an, doch dann stieg sie. Auf ihren Hinterhufen stehend spießte sie die Eier auf ihr Horn, wo sie kleben blieben. Sie ekelte sich davor, schimmerten doch kleine Spinnen durch die Eihaut hindurch. Ich konnte es ihr auch nicht verdenken.

Wir schlichen vorsichtig in dem feuchten Gang der Höhle weiter voran, vorbei an verzweifelten Kreaturen, die zu Stein geworden waren. Plötzlich tat sich vor uns eine große Höhle auf, von der drei kleinere Höhlen abzweigten. Vorsichtig legte ich mir Mutters seidenes Tuch über, welches unsichtbar macht.

Aus der rechten Höhle vernahmen wir ein verzweifeltes Wimmern, das musste Amanda sein! Doch was war in der mittleren, und was in der linken Höhle? In dem Augenblick kam Andvari aus der linken Höhle heraus, mit meinem Wünschebecher in der Hand. Er setzte sich an sein Feuer, welches in der Höhlenmitte auf einer Erhebung flackerte und grübelte über den Sinn von diesem Gefäß nach.

Nun hieß es, schnell zu handeln. Ich ergriff ein kleines Steinchen, und warf es in die linke Höhle, während Andvari sagte: „Was mag das für ein Becher sein? Ich wünschte…" Plopp, der Stein purzelte auf den Höhlenboden, und Andvari ließ den Becher fahren, um sogleich nachzusehen, wer oder was sich in seiner Schatzkammer zu schaffen machte. Diesen Augenblick nutzte ich, rannte an die Feuerstelle und ergriff meinen

Becher. Marah stand im Schatten, so dass sie nicht sofort von Andvari bemerkt wurde.

Ich schlich in die rechte Höhle, wo ich Amanda vorfand. „Weine weiter, Amanda, ich komme im Namen von Atlopec dich zu retten. Höre erst auf zu schluchzen, wenn ich es dir sage. Ich bin Enayrah, versteckt unter einem Zauberschal, der nun uns beide unsichtbar macht." Dabei ergriff ich ihre Hand. „Jetzt", flüsterte ich ihr zu, „sei still". Hand in Hand verborgen unter dem Tuch wollten wir zu Marah gehen, als plötzlich Isopodia aus der mittleren Höhle auftauchte, und direkt auf mich zusteuerte. Isopodia hatte keine Augen, dafür konnte sie umso besser riechen, und sie roch den Apfel! Hier nutzte mein Zauberschal nichts, und ich versuchte, den Apfel schnell los zu werden, zog ihn aus der Tasche und warf ihn fort. Andvari war inzwischen wieder an sein Feuer geeilt, er konnte den Apfel fliegen sehen und wusste nun, woher er kam, und wo er suchen musste.

Isopodia aber interessierte sich nicht für den Apfel und krabbelte auf Marah zu! Dabei befand sie sich zwischen Atlopec und uns, die wir unter dem Schal verborgen waren. Wir rannten zugleich zu Marah hin, Amanda und ich unter dem Tuch, aber auch Isopodia, die mit ihren vierzehn Beinen noch schneller, war als wir!

Marah erkannte die Gefahr und senkte ihren Kopf, als Isopodia mit aufgerissenem Rachen auf sie zu stürmte. Sie stieß der Riesenassel ihr Horn ins Maul, als diese gleich darauf ihre Kiefern zuschnappen ließ. Dann saugte Isopodia Marahs Horn wie einen Lutscher ab, und schmatzend fraß sie Arachnudias Eier auf! Offensichtlich schmecken Spinneneier noch besser, als faules Obst! Schnell schwang ich mich mit Amanda auf Marahs Rücken und im Galopp ging es zurück zum

Höhlenausgang, während das wütende Gekreisch von Andvari immer leiser wurde.

Wir konnten schon das Tageslicht von weitem erblicken, als ein Gestank immer mehr zunahm. Gastropodia war wieder kurz vor dem Höhleneingang, sie hatte bereits kehrt gemacht und war auf dem Rückweg in den Berg!

Uns blieb keine andere Wahl, wir mussten im Galopp unter Arachnudias Netz hindurch, egal, ob wir sie aufscheuchten, oder nicht. „Amanda, halt dich gut fest", ermahnte ich sie, und ab ging der wilde Ritt. Natürlich hofften wir, schneller, als die Spinne zu sein, aber wenn nicht – uns stand keine andere Möglichkeit mehr offen.

Hinter uns Andvari, über uns Achachnudia und vor uns Gastropodia. Marah schnaubte, Schaum stand vor ihrem Maul: „Festhalten!", rief sie uns zu, und direkt hinter dem Spinnennetz flog sie über den Kopf von Gastropodia hinweg, die aber ihre Fühler nach uns ausgestreckt hielt.

Arachnudia hingegen hat den Diebstahl von ihren Eiern bemerkt und war unendlich böse darüber. Sie wartete nur auf einen Lufthauch, um diesmal ihre Widersacherin unschädlich zu machen, denn sie hielt sie für die Eierdiebin. Sie ließ sich auf Gastropodia herunter, als sich diese unter dem Netz hindurch schleimen wollte, und stach ihr Gift in ihren schwammigen Körper. Dabei berührte sie den Schleim der Riesenschnecke, und erstarrte zu Stein. Andvari jedoch war seiner Wächter beraubt und zog sich fluchend in den Berg zurück. Ihm blieb nur noch Isopodia und der in Jahrtausenden geraubte Schatz, den er nun künftig stets von neuem nachzählen konnte, damit er sich nicht langweilte.

Wir hingegen hatten alle hinter uns gelassen, und weiter ging es im wilden Galopp zurück zu den Elfen. „Geschafft!", jubilierte ich. Amandas und mein Herz hüpften vor Freude, darum bemerkten wir zunächst nicht, dass Marah nur noch auf drei Beinen holpernd galoppierte, als wir glücklich bei den Elfen ankamen.

10.

Wir sprangen von Marahs Rücken. Amanda wurde sogleich von den Elfen umringt, die sie herzlich begrüßten und endlich wieder in ihre kleinen Arme schließen konnten. Ich betrachtete das glückliche Wiedersehen mit Freude, während ich meinem treuen Pferd den Hals tätschelte.

Doch plötzlich tätschelte ich ins Leere hinein. Ich blickte mich zu meiner vierbeinigen Freundin um und sah mit Schrecken, dass Marah zusammengebrochen war! Da lag sie nun auf dem Boden mit ausgestreckten Beinen.

„Marah! Was ist? Steh auf!" Doch meine treue Freundin blieb liegen.

Ich untersuchte sie näher, tastete ihren Körper ab, ihren Kopf, ihren Hals, ihren Leib, dann ihre Vorderbeine, danach ihre Hinterbeine. Ich stellte fest, dass ihre Hinterbeine immer kälter wurden, und Angst stieg in mir auf. „Kannst du deine Beine bewegen, Marah?" fragte ich sie, aber Marah antwortete nicht. Sie bewegte sich auch nicht mehr, und nun schnürte mir die Angst um sie meine Kehle zu.

Marah wurde immer kälter, als Atefee ihr Schicksal bemerkte. Es kamen alle Elfen herbei, ließen sich auf Marahs Leib nieder, um sie zu wärmen. Ihre kleinen Körperchen bildeten einen wärmenden, bunt schillernden Mantel, mit dem sie mein treues Pferd bedeckten. Amanda setzte sich bedauernd an unsere Seite, streichelte Marahs Kopf, die nun ihre Augen geschlossen hielt. „Gastropodia hat sie mit einem ihrer Fühler am Bein berührt, als wir über sie hinweg sprangen."

Also war Gastropodia schuld an Marahs Zustand. Immerhin, die Riesenschnecke lebte nicht mehr.

Andvari! Ja, der musste doch wissen, was zu tun sei, aber bestimmt würde er uns nicht helfen, nachdem wir ihm Amanda geraubt und seine Wächter besiegt hatten. Doch es blieb keine andere Wahl. Ich begab mich so schnell ich konnte wieder zu der Höhle, die nun wie ein schwarzes Loch in den Wald gähnte.

„Andvari!", rief ich, „komm und lass mit dir reden." „Mit dir habe ich nichts mehr zu schaffen!", keifte der Gnom zurück. Hinter sich her schleifte er meinen Rucksack. „Doch, Andvari, ich habe dir ein Angebot zu machen, welches du nicht ablehnen kannst." Die Zeit erschien mir endlos, bis sich der alte Waldschrat seitwärts schleichend, misstrauisch und in lauernder Haltung an den Höhlenausgang begab. „Was hast du mir noch anzubieten, hä?", dabei warf er seinen Kopf herausfordernd in den Nacken.

„Andvari, so höre. Mein Pferd Marah wurde von Gastropodia am Bein berührt, nun liegt sie steif und kalt danieder, bitte rette sie. Bestimmt weißt du ein Gegenmittel." Boshaftigkeit blitzte in Andvaris Augen auf. „Warum soll ich ausgerechnet dir helfen, kannst du mir das mal verraten?" „Weil ich die Menschen kenne und weiß, dass sie eines Tages kommen, und deinen Berg abtragen werden. Dann verlierst du auf immer dein Zuhause." „Warum sollen das die Menschen tun?", fragte er zurück. „Weil sie gierig sind, und nach deinen Schätzen graben wollen", erklärte ich ihm, „denn wenn du uns nicht hilfst, verrate ich ihnen deine Höhle. Ohne deine Spinne und ohne deine Schnecke bist du ihrer Gier ausgeliefert."

Das schien zu wirken, aber dann fragte Andvari: „Und warum soll ich dir das glauben, du bist ja auch ein Mensch." Das stimmte, da hatte er Recht. Ich wandte ihm mein Gesicht zu, sah ihm offen in die Augen und sagte „Du hast nichts mehr zu verlieren, außer deinem Schatz. Ich gebe dir mein Wort darauf, ihn niemandem zu verraten. Auch gebe ich dir die Hälfte von meinem Brot, meiner Wurst, meinem Käse und meinem Wein ab. Wenn du alles zusammen in eine Truhe aus Eichenholz legst, und beim nächsten Vollmond hervor holst, wird es niemals alle werden, und du hast immer etwas zu essen und zu trinken." Nun wurde der kleine Wicht munter und musterte mich unverhohlen. „Ich werde auch Atlopec darum bitten, deine Höhle nicht mehr unter Wasser zu setzen." Mein Angebot tat seine Wirkung, und Andvari erklärte sich bereit, Marah zu helfen.

„Gib mir auch meinen Rucksack wieder! Da ist sowieso nichts drin, was dir nützen könnte." Andvari grinste mich böse an, um mir dann doch mit einem verächtlichen Blick meinen Rucksack entgegenzuschleudern.

Andvari drehte sich um, und gab mir ein Zeichen, ihm zu folgen. Wir durchliefen Wälder, Wiesen und drangen durch dichtes Gestrüpp, wobei Andvari es nicht lassen konnte, er hielt die Zweige so lange fest, bis ich dicht heran war, um sie dann gegen mein Gesicht schnellen zu lassen. Schließlich kamen wir oben auf dem Berg an einen prächtigen Baum, so schön und beeindruckend, wie ich noch niemals einen gesehen hatte. Es war eine mächtige Esche.

„Das ist der Baum Yggdrasil, er ist heilig. An seinem Nektar dürfen sich nur die Honigbienen laben, und ihr Honig ist es, der heilende Kräfte besitzt. Gelingt es dir, von den Bienen Honig zu erhalten, kannst du damit deiner Stute das Leben retten." Mit diesen Worten drehte sich Andvari um und verschwand im Gebüsch.

Nun war ich allein auf mich gestellt, die Zeit drängte, ich wusste ja nicht, wie es inzwischen Marah ergangen war. In meiner Verzweiflung rief ich die Tiere des Waldes um Hilfe. Sie kamen alle herbei, die Rehe, die Mäuse, die Wildschweine und Hirsche, der Luchs, der Wolf, selbst der Fuchs wusste nicht, wo ich die Honigbienen finden könnte. Da heulte es plötzlich weit über meinem Kopf. Es war ein Käuzchen. „Frage doch den Bär, der weiß, wo die Honigbienen sind." Sehr gut, doch wo war der Bär? „Kannst du mir nicht sagen, wo der Bär ist?" Ich sah zu dem Käuzchen hinauf. „Frage die Krähen, die wissen immer alles", und damit flatterte das Käuzchen davon.

Ich setzte mich auf einen Felsen neben Yggdrasil und krähte wie ich konnte. Da flog schon die erste Krähe herbei, setzte sich in meine Nähe und hüpfte interessiert auf und ab. Solch eine Krähe wie mich hatte sie noch nie gesehen, und ich erklärte ihr, wer ich bin, und was ich wollte. „Schenk mir was, und ich führe dich zu Isegrim, dem Bär", erklärte die Krähe. Ich hielt ihr einen blanken Taler hin, der ihr gut gefiel. „Den bekommst du aber erst, wenn wir Isegrim gefunden haben", bestimmte ich. Der Krähe war es recht.

Nun flatterte die Krähe vor mir her, eine ganze Weile ging es so, bis wir vor eine Höhle kamen, in der der Bär hauste. Ich entrichtete der Krähe meine Schuld, und freudig wendete sie das Geldstück in ihrem Schnabel hin und her. „Dankfe, fiel Gflück, und bfis bald", lispelte sie mir noch mit ihrem kleinen Schatz auf der Zunge zu, als sie abflog.

Ich wandte mich an den Höhleneingang und rief nach Isegrim. Zunächst hörte ich ein tapsendes Geräusch, offenbar kam der Bär heraus, um nachzusehen, wer oder was nach ihm rief. Plötzlich war er da, stellte sich am Eingang der Höhle auf seine Hinterbeine. Er war sehr groß und furchteinflößend. „Isegrim!", rief ich aus sicherer Entfernung, denn ich hatte mich doch lieber erst hinter einem dicken Baum versteckt „Isegrim, ich bin es, Enayrah, und ich muss mit dir sprechen, weil ich deine Hilfe brauche", dabei trat ich langsam aus meiner Deckung hervor, so dass wir uns anschauen konnten. „Du brauchst meine Hilfe?", brummte der Bär etwas missmutig, wie mir schien. „Was kann wohl so wichtig sein, dass du mich aus meinem Mittagsschläfchen aufweckst?"

Ich erzählte Isegrim alles, was ich wusste, und er lauschte geduldig meiner Erzählung. „Gut", sagte er, „ich helfe dir den Honig der Bienen zu finden, wenn du dafür sorgst, dass sie mich nicht stechen, und wenn ich die eine Hälfte davon ab bekomme." Das ließ ich mir

31

nicht zweimal sagen und willigte freudig ein. Ich trat an ihn heran und bemerkte, dass seine empfindliche Nase ganz zerstochen war.

„Folge mir", brummte Isegrim, und zusammen stapften wir durch den Wald, bis wir an den Bienenstock kamen. Unterwegs hatte ich etwas Reisig und trockenes Moos gesammelt, welches ich nun unter dem Bienenstock anzündete. Beißender Rauch stieg auf, und die Bienen suchten das Weite. Empört summten sie in der Nähe herum, doch an ihren Stock trauten sie sich nicht mehr heran, bis ich das Feuer nicht mehr unterhielt und der Rauch nachließ. Da hatte aber Isegrim schon die süße Fracht an sich genommen, und gemeinsam liefen wir zu seiner Höhle zurück. Dort teilten wir die gefüllten Waben.

„Isegrim, du hast mir sehr geholfen, lass mich dir die alten Bienenstacheln aus deiner Nase ziehen." Dieses Angebot ließ er sich nicht entgehen. Ich befreite seine Nase von den Stacheln, dann setzte er sich gemütlich hin, um seinen Honig zu verzehren, und wir schieden als Freunde. Nun musste ich nur noch schnell zurück zu Marah und den Nymphen eilen, und begab mich auf dem schnellsten Weg zu ihnen.

12.

Ich schlug mich durch Büsche, kletterte über Felsen, rannte über Wiesen, übersprang Bäche. Atemlos geworden, näherte ich mich meinem Ziel.

Angst saß mir im Nacken, der Schweiß floss in Strömen, und endlich sah ich in der Ferne einen bunt schillernden Haufen. Doch etwas ließ mich stutzen, und eine schreckliche Ahnung überkam mich, denn das fröhliche Summen der Elfen war einem Herz zerreißenden Wehklagen gewichen.

Atefee sah mich zuerst: „Sie ist tot, sie ist zu Stein geworden! Marah ist nicht mehr." Dabei vergrub sie ihr hübsches Gesicht in den Händen und schluchzte ergriffen von tiefer Trauer.

Ich stürzte herbei, sank an Marahs Kopf nieder, nahm ihn in meine Arme, doch ich hatte nur einen kalten Stein in der Hand. Zu spät, ich war zu spät! Verzweifelt blickte ich durch einen Tränenschleier hindurch in die Runde. Doch die Elfen senkten traurig ihre Köpfe, sie wussten auch keinen Rat mehr.

Mechanisch nahm ich die Honigwaben, und ließ den Honig dorthin träufeln, wo Marahs steinernes Maul war. „Marah, bitte, wach auf, lass mich nicht allein. Ohne dich bin ich verloren, und ich liebe dich doch so sehr!"

Der Honig rann an Marahs leblosem Maul entlang und versickerte in Erdreich. Ängstlich wartete ich, ob sich etwas tun würde, doch die Enttäuschung war unendlich. Marah blieb versteinert.

Welch einen Preis hat mein treues Ross bezahlt, welch einen schmerzlichen Verlust hatte ich erlitten, ich glaubte, ohne sie nicht mehr weiter leben zu können, denn wir waren wie ein einziges Wesen, untrennbar, aber zu zweit zehnfach stark und mutig.

Der Rat von Andvari, was hat er genützt? Der böse Gnom hat mich in die Irre geführt, das muss er gewusst haben. Das war seine Rache dafür, dass er durch Marah und mich Arachnudia und Gastropodia verloren hatte, seine schleimigen und hinterlistigen Diener. Oh, wie ich ihn verwünschte, dass er das meiner Marah und mir angetan hatte!

Nun flogen auch noch die Elfen von Marahs Körper herunter. Sie mochten vorher nicht abfliegen, denn sie hatten auf mich gewartet, wollten Marah Wärme spenden, auch noch, als sie kalt und steif war.

Verzweifelt hockte ich mich neben mein Pferd. Ich war unendlich einsam. Am liebsten wäre ich neben ihr auch zu Stein geworden, dann hätte wenigstens alles ein Ende. In meine trüben Gedanken hinein flog Atefee auf meine Schulter, lehnte ihren kleinen Körper Trost spendend an meinen Hals und sage: „Enayrah, ich bin bei dir, ich halte dich fest, soweit ich es vermag. Und nun bitte ich dich, versuche, deine Gedanken zu ordnen, und ruhig zu werden. Nur so kannst du einen Ausweg finden, wenn es überhaupt einen gibt." Langsam wandte ich ihr mein Tränen überströmtes Gesicht zu, und ein heftiger Schluchzer mit neuen Tränen war ihr meine Antwort. „Kämpfe, Enayrah, kämpfe!" Atefee zog an meinen Haaren. „Denke nach und kämpfe!"

Doch wie sollte ich kämpfen, gegen welchen Gegner? Gegen Stein, welches die Form meiner geliebten Stute hatte? Wie soll das gehen? Ich hob meinen Kopf, und sah über Marah hinweg in die Ferne.

Wie soll das gehen … echote es in meinem Kopf.

Plötzlich durchzuckte es mich. Der Wünschebecher! Ich hatte doch den Wünschebecher! Er musste helfen! Ich brauchte ihn doch nur zu reiben, und konnte mir etwas wünschen. Und was mein Wunsch sein würde, war klar!

Eilig holte ich meinen Wünschebecher aus meinem Rucksack, und rieb ihn. „Wünschebecher, Wünschebecher, ich wünsche mir, dass Marah wieder lebt wie zuvor", und lächelnd sah ich auf meine Stute, wartete hoffnungsfroh, dass wieder Leben in sie einströmen würde, doch nichts geschah! Marah rührte sich nicht, sie blieb versteinert.

Verzweifelt warf ich mich über mein Stein gewordenes treues Ross, den Wünschebecher locker in einer Hand haltend, und mein Körper bebte vom Weinen. Ich wollte so tausend Jahre lang verharren, als sich mir eine Hand auf die Schulter legte. Es war Amanda, die mich tröstend in den Arm nahm. Wir verharrten leise in Trauer. Ihre Nähe tat mir gut, und langsam konnte ich wieder Haltung annehmen.

Ich betrachtete den Wünschebecher in meiner Hand, die Honigwaben in der anderen. Zäh tropfte der Honig aus den Waben, goldene Perlen bildend, in denen sich das Sonnenlicht brach. Schade darum, und darum hielt ich meinen Wünschebecher unter die Waben, fing den Honig auf. Tropfen für Tropfen füllten allmählich das kleine Gefäß, und ich betrachtete ohne Gefühl oder Regung das Geschehen. Nur nicht denken müssen!

Ich weiß nicht mehr, wie lange der Honig brauchte, um sich im Wünschebecher zu sammeln, es wurde darüber Abend. Als die Waben leer waren, legte ich sie beiseite, den Becher in der rechten Hand haltend und auf Marahs steinernem Hals gebettet.

„Ach Marah, wie sehr ich dich vermisse. Ohne dich bin ich nichts, du fehlst mir so sehr!" Dieser ganze Tag raubte mir nahezu alle Kraft, und so kraftlos kippte auch meine Hand mit dem Becher und Honig zur Seite. „Wenn ich dich doch nur wieder haben könnte, wenn du doch nur wieder so sein würdest, wie immer, lebe, meine Freundin, lebe für uns!"

Meine Hand zitterte inzwischen vor Schwäche, ich konnte den Becher nicht mehr gerade halten, ach es war sowieso egal. Doch während ich meine Herzenswünsche aussprach, tropfte Honig aus dem Wünschebecher auf Marahs Lippen. Was hilft es. Sie lebt nicht mehr.

Ich hob meinen Blick und sah traurig in die Ferne, als ich ein Geräusch hörte, welches sich wie schlecken anhörte. Merkwürdig, und ich schaute mich um. Da, noch einmal, es kam von unter mir und ich sah herunter. Eine rosafarbene Zunge tauchte aus dem zu Stein gewordenen Pferdemaul auf, leckte sich den Honig von den Lippen! Eilig kippte ich mehr Honig aus dem Wünschebecher auf die Zunge, als plötzlich Leben in meine tot geglaubte Stute zurück kehrte. Marah erwachte zu neuem Leben! Ich konnte mein Glück nicht fassen! „Meine Marah, komm zurück!"

Wie gebannt starrte ich auf meine geflügelte Freundin, sah, wie sich langsam wieder ihre Adern unter dem feinen Fell füllten, fühlte, wie sie wieder wärmer wurde, wie ihre Augen klar wurden. Ich konnte unser Glück kaum fassen, welch eine Erleichterung, welch eine Freude, welch ein Geschenk!

Mit zunächst noch zittrigen Beinen stand Marah auf und schüttelte sich. Ihr war, als sei sie aus einem bösen Traum erwacht. Es war ein schrecklicher Traum, doch er hatte ein gutes Ende! Voller Glückseligkeit schloss ich mein Ross in die Arme, die ich um seinen Hals legte, und dankte allen Göttern, die mir einfielen.

13.

Nach einer kurzen, aber doch erholsamen Nachtruhe marschierten wir wieder in Richtung des Teiches, wo die Elfen und wir uns zuerst trafen. Wieder ging es am Flusslauf entlang, einige Elfen tauchten bereits ins Wasser, um Atlopec von unserer glücklichen Ankunft zu berichten. Amanda war voller Ungeduld, ihren Bräutigam endlich wieder in die Arme schließen zu können, und Atlopec würde es wohl kaum mehr im Wasser halten, so sehnsüchtig wartete er auf seine Geliebte.

Wir sammelten schon kurz vor unserem Ziel trockenes Holz, um es auf einem großen Haufen zu stapeln. Wenig später waren wir an unserem Bestimmungsort angelangt.

Plötzlich hob ein mächtiges Brausen an. Lauter kleine Windhosen kringelten sich über dem Teich und auf der Waldwiese, spielten mit Blättern und Gräsern. Es war phantastisch. Unter einem dieser Wirbel über dem Teich wurde das Wasser unruhig, es spritzte und planschte, als sich ein beeindruckendes Wesen erhob. Ein gellender Schrei durchschnitt die Luft, es war Amanda, die ihren Geliebten zuerst erblickte, und überglücklich stürmte sie in die erhobenen Arme vom Wassergeist. Atlopec hatte zur Begrüßung seinen Vetter Aello gebeten, lustige Windspiele anzuordnen, damit Amandas Einzug heim ins Wasserreich gebührend begleitet würde.

Wir machten ein großes Lagerfeuer, welches knisternd die nähere Umgebung erhellte. Die Elfen sangen, spielten, tanzten, und wir feierten in froher Runde den guten Ausgang dieses bösen Abenteuers.

Ich war glücklich, Marah wich nicht von meiner Seite, sie suchte nach meiner Nähe, denn das, was ihr passiert war, steckte noch in ihren Knochen. Ab und zu riss sie ein Grasbüschel aus und verzehrte es.

Irgendwie hatte ich das Gefühl, dass wir beobachtet wurden. Unsicher schielte ich hin und wieder an den Rand des Lichtkegels, welcher unser Feuer ausleuchtete. Da, etwas bewegte sich! Zweige eines Busches schlugen in ihre ursprüngliche Stellung zurück. Oder hatte ich mich vielleicht getäuscht? Vielleicht hatte sich auch Aello dort nieder gelassen.

Ich ließ wieder meinen Blick über die bunte und ausgelassene Gesellschaft schweifen und genoss Marahs warmen Atem, den sie ausströmte, als sie ihren Kopf auf meiner Schulter anlehnte.

Plötzlich knackte ein Zweig, und das Knacken kam nicht vom Feuer! Schnell blickte ich in die Richtung, aus der das Geräusch kam. Im schwachen Lichtschein erkannte ich Andvari, der um unser Lagerfeuer herum strich.

„Andvari, komm, und geselle dich zu uns", ermunterte ich den Berggeist, „feiere mit uns und sei fröhlich." Ihn in unserer Nähe zu wissen, war mir zu unsicher, daher wollte ich ihn lieber im Auge behalten.

Nach anfänglichem Zögern kam der Schrat heran, und im Lichtkegel sah er richtig böse und unheimlich aus.

Plötzlich wurde alles nass, Wasser spritzte, es floss auf die Wiese und um Andvari herum, der nun im Bannkreis des Wassers gefangen saß. Atlopec war es, der den Gnom gefangen setzte. Er baute sich vor Andvari auf, und wollte ihn ertränken. „Nein, nicht, Atlopec, er ist mein Gast und ohne seine Hilfe gäbe es Marah nicht mehr!" Atlopec hielt ob meiner Rede inne, überlegte, und dann ließ er langsam das Wasser wieder abfließen. Andvari hockte da wie erstarrt, und sobald er sich wieder gefangen hatte, floh er in das Dunkel des Waldes hinaus.

Nun wandte sich Atlopec an mich: „Enayrah, ich danke dir von Herzen, dass ich meine Amanda wieder habe. Ich weiß von deiner Aufgabe und darum sage ich dir, wo die goldene Kugel ist. Die Elster ist mit ihr in ein Land geflogen, das Griechenland heißt. Dort frage die Elfen und Vögel, die können dir den richtigen Weg weisen."

Nun war ich wieder in der Gegenwart angekommen, ja, ich hatte diese schwere Aufgabe übernommen, die goldene Kugel wieder zu finden. „Ich danke dir, Atlopec, gleich morgen früh brechen Marah und ich auf." Lächelnd wandte sich Atlopec wieder zum Wasser um, wo Amanda schmachtend auf ihn wartete und ihn in ihre Arme schloss. Die Elfen verabschiedeten sich auch, langsam brannte das Feuer herunter, und wir begaben uns zur Nachtruhe.

14.

Der folgende Morgen hielt eine Überraschung bereit. Andvari hatte mich im Schlaf beobachtet, und hockte wenige Meter neben mir. „Nicht dass du denkst, dass ich deine Rucksäcke stehlen wollte. Ich habe nur aufgepasst, dass du ruhig und unbehelligt schlafen konntest."

Ich richtete mich auf. Dieser verschmitzte Troll. Aber das war wohl seine Art, sich zu bedanken, weil ich Atlopec daran gehindert hatte, ihn zu ertränken.

„Oh wie schön, Andvari, ich freue mich darüber." Ich verzichtete darauf, den Inhalt meiner Rucksäcke zu überprüfen und packte alles zusammen, verstaute meinen Besitz auf Marahs Rücken, wobei mir Andvari unverhohlen zuschaute. Ich nahm aus meinem ersten Rucksack meinen Wünschebecher heraus, füllte ihn mit Wasser, denn nun wusste ich, dass er mit irgendetwas gefüllt sein muss, um Wünsche erfüllen zu können.

„Ich wünsche mir, dass Andvari eine Gefährtin bekommt, damit er nicht mehr so allein ist!" Kaum hatte ich das ausgesprochen, erschien eine Gnomin, ebenso hässlich, wie Andvari. Aber als sich die beiden erblickten, erglühten sie vor Liebe, redeten und schnatterten in einer Tour, während sie sich grußlos dem Waldrand zuwandten, auf dem Wege in sein Reich.

Ich sah den beiden lächelnd nach, und setzte mich auf Marahs Rücken. Meine Stute fiel in Galopp, machte zwanzig Sprünge und hob ab in die Lüfte. Und wieder flogen wir der Sonne entgegen, ließen Täler und Gebirge hinter uns. Nach einigen Stunden machten wir in einer Steppe Halt. Marah graste von den üppig spießenden Gräsern, und ich nahm mein Frühstück ein, hatte ich doch mein Brot, Käse, Wurst und Wein dabei, welches nie zu Ende ging.

Ach, das Leben war schön, und so beschlossen mein Ross und ich, den Tag zu vertrödeln, und erst am nächsten Morgen unsere Reise fort zu setzen.

15.

Es klopft an der Tür, und Fatme kommt herein. „Enayrah, möchtest du noch etwas zur Nacht haben, kann ich noch etwas für dich tun?" Die gute Seele, meine Fatme. Stets ist sie an meiner Seite und um mein Wohl bemüht.

„Nein, meine Liebe, ich brauche nichts", und fülle wieder mein Weinglas. Fatme hat einen Teller mit belegten Broten gebracht: „Immer nur Wein", lächelnd hebt sie tadelnd ihren Zeigefinger. „Später, jetzt iss erst einmal etwas."

Sie setzt sich zu mir. „Denkst du wieder an unsere Abenteuer?", will sie wissen. „Nein, ich bin noch viele Jahre weiter zurück, im Land der Magyaren." Fatme zieht sich einen Sessel heran. „Erzähl mir, was du damals erlebt hast, bitte." Ich greife nach einem belegten Brot und nicke ihr zu. Gerne erzähle ich von meinen Erlebnissen. Cheschmesch und Aslan lassen den Teller nicht aus den Augen. Sie wissen, dass sie auch etwas abbekommen. Nadjieb hat sich bereits in der Küche einen Happen stibitzt.

Es regnet noch immer, und Fatme zieht die Vorhänge zu. Es ist kühl geworden, und so legt sie auch noch Holz im Kamin nach. Dann setzt sie sich an meine Seite. Wir essen unser Brot, als ich zu erzählen beginne.

Ein warmer Wind kam auf und strich mir eine Strähne aus dem Gesicht. Wohlig drehte ich mich im langen Gras auf die andere Seite und genoss die aufsteigende Wärme des jungen Tages.

Marah graste, und als ich mich bewegte, hob sie ihren schönen Kopf. Dann trottete sie gemächlich auf mich zu. „Willst du nicht aufstehen? Wir haben noch eine lange Reise vor uns." Ja, das wollte ich, und nahm meine Speisen aus dem Rucksack. Nachdem ich mich gesättigt hatte, packte ich wieder beide Säcke auf Marahs Rücken, saß auf, und los ging unsere Reise. Nach zwanzig Galoppsprüngen erhob sich meine fliegende Stute, und wir flogen Richtung Süden dorthin, wo die Griechen wohnen. Es ging über flaches Land, welches im Verlaufe unserer Reise immer hügeliger wurde, bis sich schließlich ein Gebirge erhob. Wir beschlossen, zu landen, und uns erst einmal umzuschauen.

Vorsichtig ließen wir uns zwischen weit auseinander stehenden Bäumen nieder. Wir blickten uns um, wo wir eine geschützte Stelle finden könnten, und auch Wasser, denn wir hatten einen mächtigen Durst. Nachdem wir uns erfrischt hatten, richteten wir uns unter dichter stehenden Bäumen ein, deren Kronen einen Baldachin bildeten. Es war sehr heiß, das Licht flirrte und ich betrachtete amüsiert kleine Luftspiegelungen. Sie kamen und verschwanden wieder, wenn die Sonne etwas weiter gewandert war.

Dort hinten erschien wieder solch eine Fatamorgana, sie war blendend weiß. Interessiert beobachtete ich sie, gespannt, wie lange sie sich halten und täuschen konnte.

Langsam bewegte sie sich weiter, kam näher heran. Jetzt erkannte ich, dass ich mich geirrt hatte, es war durchaus keine Luftspiegelung, dort lief ein eigenartiges Wesen herum. Ich vermeinte, ein Pferd zu erkennen, doch dann sah ich einen Mann, der vermutlich nur einen großen weißen Umhang trug, welcher sich in einer Windböe aufgebläht haben mochte.

Ich richtete mich ein wenig höher auf, nicht den Blick von dieser Erscheinung lassend, die immer näher kam. Jetzt verschwand sie hinter einem Felsen, um sich dann wenig später ebenfalls am Wasser zu laben.

„Marah, schau mal!", aber auch meine Stute sah bereits aufgeregt in die Richtung und schnaubte.

Ich war wie gelähmt, solch ein Wesen hatte ich noch nie gesehen, es war ein Pferd mit einem gelben Fell, silberweißem Schweif, und statt eines Halses oder Kopfes ragte der Oberkörper eines Mannes hervor. Er trug einen silberweißen Bart und langes gewelltes Haupthaar. Als er sich zu mir hin umblickte, starrte ich in ein junges Gesicht mit saphirblauen Augen, die vor Erstaunen weit aufgerissen waren.

Ich weiß nicht, wie lange wir uns anstarrten. Unsere Augen lösten sich erst voneinander, als Marah hinzutrat. Irgendwie löste sich da unsere Spannung, und ich fand meine Worte wieder. „Ich heiße Enayrah, und das hier ist meine Freundin Marah. Wir sind auf einer langen Reise."

„Ich weiß", antwortete das Wesen, „mein Name lautet Cheiron, ich bin ein Zentaur." Freundlich kam er näher, legte seinen Kopf schief und lächelte das bezauberndste Lächeln, welches ich je gesehen hatte. Er hatte mich völlig mit seiner Liebenswürdigkeit gefangen genommen. Auch Marahs anfängliches Misstrauen wich Zutrauen. Wir erzählten ihm von unseren bisherigen Abenteuern, und dass wir auf der Suche nach der gestohlenen goldenen Kugel seien.

Aufmerksam hörte uns Cheiron zu, nickte hin und wieder, oder warf eine kleine Bemerkung ein.

Mir schien, als würde ein starker Wind aufkommen, und ich band meine langen Haare zusammen, damit sie mir bei meinen Erzählungen nicht in den Mund fliegen konnten, als sich plötzlich der Himmel verdunkelte. Über unseren Köpfen erhob sich ein Brausen, Marah und ich schauten argwöhnisch nach oben. Nur Cheiron blieb gelassen, lächelte weiter.

„Was war das?", fragte ich ihn. „Das waren die Hippopegasi", erklärte er, „weitläufige Verwandte von mir." Das klang beruhigend, „Kommt, wir gehen sie besuchen, sie haben sich in der Nähe auf einer saftigen Weide nieder gelassen, das machen sie alle paar Tage." Cheiron legte seinen Arm um meine Schulter, sah mich aufmunternd an, und wir liefen los, Marah hinter uns her.

An der Weide angekommen bot sich mir ein erstaunliches Bild. Eine Herde von geflügelten Pferden in allen Farben, die man sich nur ausdenken kann, eines schöner, als das andere. Ich war entzückt, so viel Schönheit an einem Ort. Die braunen Pferde hatten Mähnen und Schweife, die, wie auch ihre Flügel, schwarz glitzerten, die Füchse hatten rote, die Schimmel silberne, und die Rappen schwarze, mit Silberfäden durchzogene. Ihr Anblick war überwältigend!

„Komm", sagte Cheiron, „lassen wir sie in Ruhe grasen. Wir gehen zurück, und unterhalten uns weiter."

„Gerne", meinte ich, „ich weiß ja noch gar nichts von dir und auch nichts über die Hippopegasi." Wieder legte er seinen Arm um mich, und wir schlenderten zurück.

17.

Ich ließ mich auf unserem Rastplatz nieder, während Cheiron neben mir stehen blieb. „Ich bin ein Zentaur, wie ich dir bereits sagte. Wir Zentauren kennen uns mit der Sterndeutung aus, können aber auch wahrsagen. Darum habe ich ja auch gewusst, dass du kommen wirst." Er lächelte wieder gewinnend. „Der Grund war mir zunächst nicht ganz klar, weil wir uns sehr, sehr selten, auch mal irren können. Doch ich weiß von deiner Suche nach der goldenen Kugel." Er hielt inne. „Normalerweise verstecken wir uns vor Menschen. Nur manchmal, wenn sie Gutes im Schilde führen, zeigen wir uns ihnen." Und hier schenkte er mir wieder sein bezauberndes Lächeln, welches mich alles andere vergessen ließ.

Er berichtete weiter, dass er aus seinem Verbund ausgeschlossen worden sei, weil er manchmal doch den Menschen vertrauen würde. „Ich bin dann sehr einsam und wünschte mir, dass mich die Meinen so annähmen, wie ich eben bin." Cheiron blickte zu Boden. „Ich würde zu gerne wieder mit ihnen in den Wäldern zusammen leben."

Er berichtete mir von den Hippopegasi. „Poseidon ist der Gott der Meere und verheiratet mit Pallas Athene. Doch obwohl er eine Frau zu Hause hatte, flirtete er mit Medusa, einer wirklichen Schönheit. Das erboste Pallas

Athene derart, dass sie Medusa in ein Ungeheuer verwandelte. Sie hatte nun Glupschaugen, ihre Haare waren Schlangen, und wer ihr in die Augen sah, wurde zu Stein."

Cheiron atmete tief durch, sah wie traumverloren in die Ferne. Doch dann fuhr er fort. „Das war immer noch nicht genug Rache für Pallas Athene, sie gewann Perseus dafür, die Nebenbuhlerin zu töten. Durch eine List konnte er sich ihr nähern, ohne von ihr gesehen zu werden oder ihr in die Augen blicken zu müssen, und schlug ihren Kopf ab. Aus dem Blut, das in die Erde rann, entstand ihr Sohn Pegasus, den Medusa zuvor mit Poseidon gezeugt hatte."

Mich schauderte. Das war eine blutrünstige Geschichte, die mich sehr bewegt hatte. Cheiron erzählte weiter, und ich lauschte gebannt seinen Worten.

„Pegasus wurde zum Begründer des Geschlechts der Hippopegasi. Er vermählte sich mit edlen Stuten aller Farben, und zeugte so seine Herde."

Ich hatte gar nicht bemerkt, dass es schon dunkel geworden war, so spannend hatte Cheiron erzählt.

Mir fielen langsam die Augen zu, welches von Cheiron nicht unbemerkt blieb. Ich nahm noch wahr, dass er erklärte, neben mir wachen zu wollen. Das war mir recht, und ich fiel in einen unruhigen Schlaf, in dem ich immer wieder dem furchteinflößenden Blick der Medusa entgehen wollte.

Am nächsten Morgen erwachte ich mit bohrenden Kopfschmerzen. Ich hatte schlecht geschlafen und Albträume gehabt. Meine Augen konnte ich nur zu kleinen Schlitzen öffnen, das Licht tat mir weh. Ich nahm alles wie verschwommen wahr.

Stöhnend ließ ich mich auf mein Lager zurück fallen, nur nicht bewegen. Ich weiß nicht mehr, wie lange ich so blieb, aber irgendwann musste ich mich erheben. Ich schleppte mich zum Wasser, um mich zu erfrischen, und es half tatsächlich. Es ging mir wieder etwas besser, aber immer noch nicht gut genug.

Mühsam schlich ich wieder zu meinen Rucksäcken und ließ mich zwischen ihnen nieder. Wo war Marah? Ich konnte sie nicht entdecken, mochte aber auch nicht weiter meine Augen geöffnet halten, vielleicht würden so meine Kopfschmerzen wieder verschwinden. Sicher graste sie in der Nähe wie immer. Dann schlief ich fest und traumlos ein.

Ein Gefühl weckte mich irgendwann auf, das Gefühl, beobachtet zu werden. Zunächst hielt ich noch meine Augen geschlossen, und stellte mich schlafend. Ein Geräusch neben mir beunruhigte mich. Es war nicht Marah, auch nicht der Zentaur. Auch ein Tier schloss ich aus. Mein Herz klopfte mir bis zum Halse, und ich fürchtete, mein unheimlicher Besucher könnte es hören.

Doch meine Neugierde siegte. Ganz vorsichtig öffnete ich meine Augen und sah einen jungen Mann auf einem Stein neben mir hocken. Aus einem Horn ließ er eine Flüssigkeit in einen Kelch träufeln und zählte die Tropfen. „Verzähl dich nicht, Hypnos!" Die Stimme eines anderen Mannes ermahnte ihn. Ich konnte ihn nicht sehen, da er sich außerhalb meines Gesichtsfeldes befand, seine Stimme klang tief und furchteinflößend. „Hades", entgegnete der Tropfenzähler, „willst du nun meine Hilfe, oder nicht? Dann rede mir nicht dazwischen, ich weiß schon, was ich tu."

„Wacht sie nun auf?", fragte Hades und Hypnos wandte seinen Blick in meine Richtung. Schnell schloss ich wieder meine Augen und stellte mich schlafend. „Nein, sie liegt noch in tiefem Schlaf, aber nicht mehr lange, also störe mich nicht." Mit diesen Worten erhob sich Hypnos, und kam auf mich zu, hockte sich neben mich. „Enayrah, die du hier schläfst, du wirst tun, was ich dir befehle. Diesen Becher hier wirst du mit deinem Wein füllen, und Persephone zum Trunk reichen. Wenn du gleich aufwachst, wirst du dich an nichts erinnern, nur daran, dass du diesen Becher seiner Bestimmung übergibst."

Nach diesen Worten erhob sich Hypnos, und sehr langsam öffnete ich wieder meine Augen, um durch meine Wimpern hindurch einen Blick zu erhaschen. Nun sah ich beide Männer, die sich gestikulierend langsam entfernten. Verstehen konnte ich nichts mehr, aber der, der Hades hieß, sah unheimlich und bedrohlich aus. Auch war er etwas älter, als Hypnos.

Die Beiden führten nichts Gutes im Schilde, das war mir sofort klar. Ich hatte nicht mehr geschlafen, und so hatte Hypnos auch keine Macht über mich. Als ich sicher war, dass beide fort waren, erhob ich mich und betrachtete den Kelch.

Er war aus purem Gold mit feinen Ziselierungen versehen und sah sehr einladend aus. Auf seinem Grund befand sich die Flüssigkeit, welche Hypnos hatte hinein träufeln lassen. Nun, ich werde natürlich seinen Anweisungen nicht folgen, und kippte den Kelch aus. Doch zu meiner Verwunderung verblieb die Flüssigkeit dort, wo sie war. Das war sehr erstaunlich, und so ging ich ans Wasser, und spülte ihn aus. Doch auch hier hatte ich keinen Erfolg.

Cheiron, wo war Cheiron? Der Zentaur war nicht mehr da, er hatte weder gesagt wohin er gehen wollte, noch sich überhaupt verabschiedet.

Verwundert sah ich auf, wollte den Zentaur suchen. Etwas weiter höher am Bachlauf erblickte ich eine bildschöne junge Frau, die Wasser mit einer Hand schöpfte, und aus ihrer Hand spielerisch wieder in den Bach rinnen ließ. Dabei summte sie ein Lied. In der anderen Hand hielt sie einen mit Wasser gefüllten Krug.

Noch über das Wasser gebeugt strich die junge Frau eine lange Strähne ihres schwarzen, gewellten Haares, die ihr nach vorne gefallen war, zurück auf ihre Schulter, und stand auf. Sie hob den Krug auf ihren Kopf und ging fort. Neugierig geworden, folgte ich ihr.

19.

Anmutig balancierte die junge Frau den Wasserkrug, und ging bergab ins Tal. Nach einer Weile gelangte sie an ein großes, trockenes Weizenfeld, an dem sie stehen blieb. Ich beobachtete sie aus sicherer Entfernung versteckt hinter einem Baum.

Sie nahm ihren Krug vom Kopf, setzte ihn ab und tauchte ihre Hand hinein. Dann sprenkelte sie Wassertropfen über das Feld, und augenblicklich wuchs und gedieh der Weizen zu voller Reife. Als der Krug leer war, hob sie ihn wieder auf ihrem Kopf und ging den Weg zurück.

Sie kam am Baum vorbei, hinter dem ich mich mitdrehte, damit sie mich nicht sähe. Doch sie hielt inne, nickte mit ihren Kopf in meine Richtung und rief „Enayrah, warum versteckst du dich vor mir?"

Damit hatte ich nicht gerechnet. Ich hatte mich gut verborgen, dennoch entdeckte sie mich. Woher wusste sie meinen Namen?

Verlegen trat ich hinter meinem Baum hervor, und schaute ihr in ihre großen braunen Augen. Es war mir peinlich, dass sie mich überrascht hatte, denn immerhin hatte ich ihr nachspioniert.

Mit Bewunderung betrachtete ich ihr weich fließendes Gewand, den Faltenwurf ihres Kleides, welches aus edlem Stoff gefertigt war. „Das ist eine Toga", amüsiert sah sie mich an, „das trägt man auf dem Olymp."

Wo war ich hin geraten? Auf dem Olymp wohnten die Götter, von dort aus verwalteten sie die Menschen, trafen Entscheidungen, stritten sich, spannen Ränke.

„Was hast du mit dem Olymp zu tun?", fast stotterte ich meine Frage vor lauter Ehrfurcht und kam mir ziemlich tölpelhaft vor. „Nun", antwortete sie, „Zeus ist mein Vater, und ich bin seine Tochter Persephone."

Wir schritten den Weg gemeinsam zurück an den Fluss, wo sie ihren Krug gefüllt hatte. Auf dem Weg dorthin erzählte sie mir von ihrem Leben, ihren Eltern, den anderen Göttern und Halbgöttern, den Aufgaben und ihren Träumen. Ich warf einige Fragen ein, und sie zeichnete mir ein Bild vom täglichen Treiben auf dem Olymp.

Ich erzählte ihr von meinen Reiseabenteuern, und warum ich unterwegs war, berichtete ihr von der geraubten Goldkugel mit den Edelsteinen und dass ich sie unbedingt wiederfinden müsse.

Persephone gefiel mir gut. Würde ich bleiben können, wären wir sicherlich Freundinnen geworden. „Dort drüben habe ich meine Lagerstätte, komm doch mit, wir können uns dort in den Schatten setzen." Ich wies in die Richtung, in der ich meine Rucksäcke zurück gelassen hatte, und Persephone folgte mir.

Wir ließen uns nieder, und plaudernd vergingen Stunden. Ich hatte inzwischen Hunger bekommen, und holte meine Speisen aus dem Rucksack, bot Persephone auch etwas an. Da erinnerte ich mich an den Kelch, den Hypnos und Hades zurück gelassen hatten, und zog ihn hervor.

Als ich gerade von meiner merkwürdige Begegnung mit den beiden berichten wollte, fiel Persephones Blick auf den Kelch, und sie erstarrte. „Wo hast du diesen Kelch her?" Plötzlich war alle Vertrautheit verflogen. Persephone sprang auf, Enttäuschung stand ihr ins Gesicht geschrieben. „Persephone", rief ich, „bitte höre mir zu. Ich schlief, als sich zwei Männer meinem Lager näherten. Ich wachte auf, aber stellte mich schlafend. Der eine wollte mir einreden, dir aus diesem Kelch Wein zu reichen, warum, weiß ich nicht. Die beiden gefielen mir nicht, ich glaube, sie führen etwas im Schilde."

„Das kann man wohl sagen", entgegnete Persephone, „Hades hat bei meinem Vater um meine Hand angehalten, aber ich verabscheue ihn. Er lebt in der Unterwelt, zusammen mit Thanatos, der nichts anderes kann, als den Tod zu bringen, und mit Hypnos, der einen schläfrig machen kann, und dann anderen seinen Willen aufzwingt."

„Aber was sagt dein Vater dazu? Kannst du ihn nicht um Hilfe bitten, dass dir Hades nicht mehr nachstellt?"

Persephone überzog ein Schauer „Hades ist der Bruder meines Vaters Zeus, der keine Stellung bezieht. Einerseits würde er es wohl gerne sehen, wenn ich Hades heirate, andererseits weiß er, wie sehr ich mich von diesem Mann abgestoßen fühle".

„Und deine Mutter? Was sagt die dazu?", fragte ich. „Demeter? Meine Mutter sagt gar nichts, auch würde sie nicht wagen, sich gegen Zeus zu stellen. Du kannst nicht glauben, wie listig Hades ist. Er hat schon viele Tricks angewandt, mich zu entführen."

Ich war schockiert. So etwas würden meine Eltern niemals gestatten. „Wenn ich dir nur helfen könnte." Persephone lächelte gequält „Mir kann keiner helfen. Eines Tages, so ist geweissagt, wird Hades mich doch entführen. Dann werde ich vier Monate im Jahr mit ihm in der Unterwelt leben müssen. In der Zeit trauert die Erde, und nichts wächst und gedeiht mehr. Doch ich verstecke mich, um mein Los so lange wie möglich, hinauszuzögern. Enayrah, es war schön, dich kennengelernt zu haben, aber Hades wird noch in der Nähe sein. Ich werde mich jetzt lieber verstecken, und wünsche dir alles Gute und Erfolg für deine Reise und dein Vorhaben. Behalte den Kelch, du wirst ihn eines

Tages brauchen." Dann hob sie anmutig grüßend ihre Hand, und verschwand in einer Nebelwolke.

Traurig und einsam blieb ich zurück. Schon jetzt vermisste ich Persephone, doch auch meine Marah, wo konnte sie nur sein? Es war bereits der zweite Tag, an dem meine Stute nicht bei mir war. Auch Cheiron war verschwunden, und ich machte mir ernsthaft Sorgen.

20.

Ich musste mir einen Plan zurecht legen, wie ich vorgehen wollte, um meine Stute zu finden. Zunächst suchte ich einen höheren Berg auf, von dem aus ich eine gute Aussicht hatte, doch so sorgfältig ich auch die Umgebung absuchte, ich sah Marah nicht.

Dann nahm ich mir Planquadrat für Planquadrat vor, vielleicht war sie ja hinter einem Baum, Busch oder Felsen verborgen. Ich suchte bis zum Abend, aber Marah blieb verschwunden.

Inzwischen war ich verzweifelt. Angst überfiel mich. Doch ich zwang mich zur Ruhe. Panisch zu werden verhindert nur einen klaren Verstand. Ich nahm mir vor, mich am nächsten Tag in Marahs Gedanken hineinzuversetzen. Was würde ich tun, wohin würde ich gehen, wenn ich Marah wäre?

Am nächsten Morgen wurde ich zeitig in der Morgendämmerung wach und versetzte mich in Marahs Gedanken. Wir haben eine sehr enge freundschaftliche Beziehung, also würde mich Marah nicht so einfach verlassen. Wenn es nicht einen triftigen Grund für sie gab, musste sie entführt worden sein. Doch wer sollte sie entführen?

Marah war wehrhaft, sie konnte bei Gefahr ihr Einhorn einsetzen, von ihren Hufen ganz zu schweigen. Auch benötigte sie nur zwanzig Galoppsprünge, um sich in die Lüfte erheben zu können, sollte sie in ernste Bedrängnis geraten.

Ich erinnerte mich an die Situation, wo ich sie zuletzt gesehen hatte. Cheiron hatte seinen Arm um mich gelegt, wir gingen über Land, auch Marah, und sahen die Hippopegasi Herde. Konnte es sein, dass Marah dort war?

In meine Gedanken hinein umfasste mich plötzlich etwas von hinten, packte meine Schulter. Erschrocken sah ich mich um, und sah in Cheirons Gesicht, der amüsiert lächelte. „Cheiron, wo warst du? Du hast mich einfach allein gelassen, und Marah auch!" Cheiron hielt sich Schuldbewusstsein spielend den Kopf mit beiden Händen. „O weh, Enayrah, ich habe gar nicht gewusst, dass du so empfindlich bist. Ich habe für dich herausgefunden, wo du nach der goldenen Kugel suchen musst. Kennst du das Land Siebenbürgen? Dort musst du hin. Dort gibt es ein Dorf, welches Schäßburg heißt, und westlich von dem Karpatengebirge liegt. Dort wohnt in einer Höhle der Drache Smeujy. Er hat die goldene Kugel von der Elster der Djinnyjah geraubt, und die Elster mit seinem Feueratem geröstet."

Das war in der Tat eine Neuigkeit. Siebenbürgen! Doch zunächst musste ich Marah finden. Ohne sie würde ich meine Suche niemals fortsetzen können.

54

„Denk nicht so viel, Enayrah, setze dich auf meinen Rücken, und ich führe dich zu deinem Ross." Das ließ ich mir nicht zweimal sagen, und saß auf. Cheiros fiel in einen flotten Galopp, und ich musste seinen Oberkörper umfassen, um mich fest zu halten. Das genoss er offensichtlich, und ich hegte den Verdacht, dass er es darauf angelegt hatte.

Nach einem forschen Ritt in Richtung Tal kamen wir an einer großen Wiese an. Dort graste nun die Herde der Hippopegasi. Es war eine andere Weide, als zuvor, darum konnte ich Marah auch nicht finden. Sie hatte sich der Herde angeschlossen! Schon von weitem sah ich sie.

Übermütig tänzelte sie herum, einen wunderschönen Rapphengst mit blauschwarzen Flügeln, in denen es silbern glitzerte, an ihrer Seite. Nun wurde mir einiges klar, Marah hatte sich verliebt!

Cheiron blieb am Waldrand stehen, und ich saß ab. „Marah! Marah!" Meine Stute wandte ihren Kopf in meine Richtung, und kam herangetrabt. Überglücklich legte ich meine Hände um ihren Hals, und verbarg meine Freudentränen in ihrer Federmähne.

„Nun weine mal nicht", beschwichtigte mich meine Stute, „du warst so sehr in dein Gespräch mit Cheiron vertieft, dass gar keine Zeit mehr blieb, um dir meine große Liebe vorzustellen." Ich sah in Marahs glückliche Augen, nun musste ich doch lachen, einerseits vor Erleichterung, sie wiederzuhaben, andererseits über ihr Glück.

„Aber mach dir keine Gedanken, ich komme jetzt wieder mit dir." Sie wandte ihren edlen Kopf in die Richtung der Herde, wieherte so laut sie konnte. Da löste sich der schwarze Hengst aus der Herde, antwortete ihr schnaubend und stieg imponierend auf, es war ihr Abschied.

Ich setzte mich auf Marahs Rücken, ihren warmen Pferdeleib zwischen meinen Beinen. Wir gingen zu Cheiron und im Schritt gemeinsam zurück zu meinem Lagerplatz. Auf dem Weg dorthin schwiegen wir, denn unsere Herzen waren schwer. Der Abschied von dem Zentaur stand bevor, und ob wir uns je wiedersehen würden, war ungewiss.

Ich belud Marah wieder mit meinem Gepäck, und wir verabschiedeten uns von Cheiron. Nun lächelte der Zentaur nicht mehr, sondern sah uns sehr ernst an: „Passt auf euch auf, ihr habt eine schwere Aufgabe vor euch, seid wachsam und misstrauisch. Ich wünsche euch eine gute Reise, und vergesst mich nicht."

Ich hatte einen Kloß im Hals, denn ich hatte den Zentaur lieb gewonnen. Ich schlang meine Arme um ihn und gab ihm einen Kuss. Dann sprang ich auf Marahs Rücken, sie galoppierte an und hob nach zwanzig Sprüngen ab. Wir gewannen an Höhe, und ich schaute zurück. Da stand Cheiron bewegungslos mit hängenden Armen, und schaute uns nach. Er wurde immer kleiner, dann hob er zum Gruß einen Arm, und ich winkte zurück. Adieu, mein Freund.

21.

Wir nahmen Kurs in Richtung Norden, ließen aber unsere Reise jetzt langsam angehen. Ich musste mich auch auf die neue Situation einstellen. Einer Elster die goldene Kugel abzunehmen, war das eine, sie aber einem Drachen abzunehmen, etwas ganz anderes.

Ich wusste nicht, wie groß Smeujy war, oder wie gefährlich. Einerseits war ich neugierig auf ihn, andererseits hätte ich auch gut auf eine Begegnung mit ihm verzichten können. Aber das ging nicht, es hing zu viel davon ab.

Langsam näherten wir uns Rumänien und Siebenbürgen. Wir konnten das Land von oben gut überblicken. Zur rechten sah ich die Karpaten, links davon tauchte ein Dorf auf, das musste Schäßburg sein.

Marah setzte zur Landung an, und wir fanden uns auf einer Viehweide wieder, auf der Schafe weideten.

In Panik liefen die Schafe blökend vor uns davon. Nur ein Widder senkte seine Hörner, und drohte. Zum Glück konnte ich mit ihm sprechen. „Was bedeutet denn dieser merkwürdige Empfang?"

Der Widder blieb eine Weile in seiner Bewegung wie ein Denkmal stehen, dann hob er langsam seinen Kopf, und schaute mich an. „Du sprichst unsere Sprache? Wer bist du?" „Ich heiße Enayrah, und das hier ist Marah", ich wies auf meine Stute.

Langsam entspannte sich der Widder. „Und ich dachte schon, es wäre Smeujy, der sich wieder eines unserer Lämmer holen wollte." „Sehen wir denn wie ein fliegender Drache aus?", wunderte ich mich, und der Widder antwortete: „Natürlich nicht, aber wir haben schon Angst, wenn etwas größeres über unsere Köpfe hinwegfliegt. Wir leiden sehr unter diesem Ungetüm."

Das konnte ich gut verstehen. Langsam kam die Herde näher, die Lämmer eng an ihre Mütter geschmiegt. Die Neugierde trieb sie her. Die Herde musterte uns misstrauisch, aber nachdem ich einige Worte an sie gerichtet hatte, beruhigten sie sich.

„Wisst ihr denn, wo Smeujy wohnt?" Die Schafe wiesen auf eine Höhle hoch oben in den Karpaten, wo sich kein Mensch hintraut.

„Willst du zu ihm gehen?" ungläubig musterte mich der Widder, „Er ist wirklich furchteinflößend!" „Wie sieht er denn aus?", fragte ich, und der Widder beschrieb ihn mir. „Er ist furchtbar groß, sein Körper ist grün. Seine Arme sind ziemlich klein, aber er hat mächtige Beine und Flügel aus Leder. Aber das Furchtbarste sind seine drei Köpfe. Man kann ihm nicht in die Augen sehen, und weiß nicht, mit welchen Maul er zupackt."

„Und er speit Feuer", klang ein dünnes Stimmchen aus der Herde. „Ja, das stimmt", bestätigte der Widder. „Smeujy beherrscht die Lüfte."

Ich muss schon sagen, das hört sich nicht gerade ermutigend an. „Dürfen wir hier bei euch übernachten?", fragte ich, und lauter Schafsköpfe nickten und blökten zustimmend. Nun denn, Marah und ich suchten uns ein angenehmes Plätzchen, während die Schafe wieder grasend ihre Bahnen zogen.

22

Am nächsten Morgen begaben Marah und ich uns auf die Suche nach dem grünen Drachen. Wir flogen vorsichtig etwas höher, als sich die Höhle befand, und landeten ein Stück über ihr auf einem Felsen. Nun hieß es warten. Unsere Geduld wurde auf eine harte Probe gestellt, wir wachten vom Morgen bis zum Abend. Doch dann hörten wir ein Stampfen, als ob der Berg erschüttert würde.

„Leise Marah, er kommt." Aber sie rührte sich sowieso nicht. Vor lauter Anspannung trauten Marah und ich uns kaum, zu atmen.

Plötzlich erschien der Drache, schaute sich kurz um, aber zum Glück nicht über sich, und flog ab. Das war für uns die Gelegenheit, in seine Höhle hinabzusteigen. Marah blieb am Eingang stehen, und ich schlich mich hinein. Ich brauchte eine Weile, bis sich meine Augen an die Dunkelheit gewöhnt hatten. Überall lagen abgenagte Knochen herum, Reste von Lammfellen, es war wirklich gruselig.

In einer kleinen Nische war es etwas heller. Das erregte meine Aufmerksamkeit und ich schlich hin. Es war fast nicht zu glauben, aber dort lag meine Goldkugel!

Hastig nahm ich sie an mich, und begab mich schnell wieder zum Ausgang. Auf halbem Wege schon hörte ich Marah ängstlich rufen „Enayrah, Smeujy kommt, pass auf!" Ich rannte schnell zum Höhlenausgang, aber da sah ich Smeujy bereits im Anflug!

So schnell ich konnte, sprang ich auf Marahs Rücken, die Goldkugel fest in meiner Hand.

Mich durchzog ein eisiger Schrecken. Marah hatte im Gebirge keine zwanzig Galoppsprünge Anlauf, um sich in die Lüfte erheben zu können! Dazu war die Felswand zu steil. So aber waren wir Smeujy ausgeliefert.

Der dreiköpfige Drache kam heran geflogen, in seinem mittleren Maul hielt er ein Lämmchen. Dann landete er vor seiner Höhle, nur wenige Meter vor dem Felsvorsprung, der uns verbarg. Er begann sein blutiges Mahl, als er plötzlich inne hielt. „Wer da?", rief der rechte Kopf mit gurgelnder Stimme. Ich staunte, denn er sprach mit einem anderen Kopf. Mit dem ersten fraß er. Könnte es sein, dass er nur mit dem dritten linken Kopf Feuer spucken konnte? Ich nahm mir vor, genau darauf zu achten und beobachtete, wie er sich erneut über das Lamm hermachte.

In diesem Moment löste sich ein Stein unter Marahs Hufen und kullerte den Berg herunter. Sogleich ließ Smeujy seine Beute fahren, und kam auf uns zu. Sein furchtbarer Kopf war nur noch wenige Meter von uns entfernt, es war sein rechter Kopf. „Was macht ihr hier auf meinem Berg?", schnaubte er wütend, und sein mittlerer Kopf mit blutverschmiertem Maul ragte über den Felsvorsprung. „Marah, um aller Götter Willen, du musst fliegen, wir müssen hier weg", beschwörend flüsterte ich über ihren Hals nach vorn gebeugt in das Ohr meiner Stute, als der linke Kopf des Drachen auftauchte, und er in unsere Richtung Feuer spie.

Es wurde schrecklich heiß, ich spürte, wie meine Haare angesengt wurden, und Marah machte einen beherzten Satz in den Abgrund. Sie trudelte abwärts. „Marah, Marah" schrie ich, „flieg, flieg!", doch dann sah ich das Unglück, Marahs Flügel waren auch angesengt! „Bitte, Marah, versuche es, ich weiß, du schaffst es!"

Verzweifelt versuchte Marah, unseren Sturz aufzuhalten. Das Tal kam immer näher, und in rasender Fahrt ging es abwärts. Doch dann, mit letzter Anstrengung löste Marah ihre verkohlten Flügelspitzen und breitete ihre Schwingen aus. Sie vermochte tatsächlich, unseren freien Fall zu bremsen, aber nicht mehr schwebend, sondern holperig. Das war mir egal, alles war besser, als am Berg zu zerschellen.

Meine Erleichterung war allerdings nur von kurzer Dauer. Ich musste feststellen, dass uns Smeujy hinterher kam. Mit wütenden Flügelschlägen verfolgte uns der Drache. Er war schneller, als Marah, und holte uns bald ein. Dafür war mein Rösslein trotz der Behinderung wendiger, denn sie hatte nicht solch einen großen schweren Körper zu tragen.

Es begann eine wilde Jagd, Smeujy war der Jäger, und wir die Gejagten. Es ging über und durch Wolken hindurch, wir versuchten, durch Hakenschlagen unserem Verfolger zu entwischen, doch stets blieb er uns auf den Fersen. Eigentlich bin ich ziemlich sattelfest, aber hier hatte ich große Mühe, mich auf Marahs Rücken zu halten. Ich brauchte dazu einfach beide Hände.

Ich traute meinen Augen kaum, als plötzlich ein zweiter Drache unter uns auftauchte! „Marah, Vorsicht, da kommt ein anderer Drache! Er fliegt genau auf uns zu!"

Ich befürchtete nun unser Ende. Marah hatte ihn auch gesehen, und eine scharfe Kurve geflogen. Ich konnte mich nicht mehr mit einer Hand halten, und packte automatisch in ihre Federmähne. Dabei entglitt mir die Goldkugel. Ich sah sie wie im Zeitlupentempo in der Sonne glitzernd in die Tiefe stürzen, und konnte gerade noch wahrnehmen, dass sie von dem zweiten Drachen aufgefangen wurde.

Smeujy war jetzt über uns und richtete seinen linken Kopf in unsere Richtung „Marah, Pass auf! Jetzt will er uns völlig verbrennen", meine Stimme schnappte vor Angst und Aufregung über. Auch Marah erkannte die Gefahr. Sie ließ sich herabfallen, flog aber einen Looping, so dass sie wieder unter, aber hinter Smeujy war und stach ihn mit ihrem Einhorn in seinen Bauch.

Ruskou-

23.

Ich wusste nicht mehr, wie wir da hingekommen waren, doch wir fanden uns alle vor Smeujys Höhleneingang wieder. Der Drache jammerte und heulte. „Warum habt ihr mich gestochen, wisst ihr denn nicht, wie weh das tut?", warf er uns vor. „Und weißt du nicht, wie weh dein Feuer tut?" Ich konnte es nicht fassen, dass er sich wegen dem kleinen Piekser so anstellte.

„Habt ihr Smija gesehen? Oh, ich hasse sie", jammerte Smeujy. „Wer ist denn das?", wollte ich wissen. „Na, habt ihr denn nicht diesen hässlichen Drachen gesehen, der da angeflogen kam?" Ich erinnerte mich jetzt, da kam noch ein zweiter Drache, doch ich musste lächeln. Sehr viel schöner als Smija sah Smeujy aber auch nicht aus.

„Sie ist mein Sargnagel, mein Magengeschwür. Sie bildet sich was ein, nur weil sie Herrscherin über das Wasser ist. Immer wieder kommt sie hierher, nur, um mich zu ärgern!"

„Ach, das ist alles, was dich bedrückt? Deine Sorgen möchte ich haben! Du hast meine Goldkugel geraubt, und deswegen erleben wir schreckliche Dinge, weil wir sie wieder finden müssen!"

„Du meinst den kleinen Flugwettstreit? Was willst du, es geht euch doch gut. Wollt ihr vielleicht etwas von meinem Lamm abhaben?" Etwas verlegen schaute Smeujy uns an. „Nein, danke", lehnte ich ab, und Smeujy wirkte erleichtert.

„Ich habe die Goldkugel von der Elster geschenkt bekommen", behauptete nun das grüne Ungeheuer. Na, wer sollte das wohl glauben? Wir jedenfalls nicht. „Und wenn ihr sie wieder haben wollt, müsst ihr zu Smija."

„Wo finden wir diese Smija?", wollte ich wissen, und Smeujy erklärte uns, dass sie in einem unterirdischen See in einer Höhle in der Ukraine wohnt. Nur manchmal machte Smija weitere Ausflüge, und die in erster Linie, um ihn zu ärgern.

Mehr wollte ich nicht wissen, und wir beschlossen unseren Abstieg. Ich glaube, Smeujy war über unseren Abschied ebenso froh, wie wir es waren.

24.

Marah und ich machten uns an den beschwerlichen Abstieg und kamen wieder bei den Schafen an. Dort wollten wir uns erst einmal von dem letzten Abenteuer mit Smeujy erholen. Marah graste ausgiebig, und ich versuchte, ihre Federn zu reinigen. Das gelang nur mühsam, aber vor allen Dingen mussten sie wieder nachwachsen, damit Marah wieder richtig fliegen konnte.

Mir tat die Zwangspause auch richtig gut. Die Schafe waren über unsere Anwesenheit hoch erfreut, denn solange wir da waren, traute sich Smeujy nicht mehr heran, und die Lämmer blieben unbehelligt.

Es gingen schon noch einige Monate ins Land, bevor wir an eine Weiterreise denken konnten. Diese Zeit nutzte ich, um mehr über Smija zu erfahren. Der alte Hirte aus dem Dorf kam immer wieder nach den Schafen sehen, und wir erfuhren von ihm, was wir wissen wollten. „Weiter östlich liegt das Land Moldawien", so berichtete er. „Dort befindet sich eine große Höhle. Wie groß, kann keiner sagen, aber dort wohnt Smija. Die Höhle hat den Namen Aschenputtel Höhle." Das fand ich sehr komisch, ich wusste gar nicht, was ein Aschenputtel ist.

Einerseits war Smija an Smeujy gebunden, wenn sie nämlich nicht stritten, überfiel sie eine bohrende Langeweile, die sie faul und dick werden ließ, sodass sie nicht mehr würde fliegen können. Stritten sie aber, und versuchten sich fliegend zu übertrumpfen, hielt sie sich wenigstens fit.

Smija war etwas kleiner, als Smeujy, hatte auch nur einen Kopf, aber sie war listig und geschickt. So, wie sie die goldene Kugel geschnappt hatte, war es schon eine akrobatische Leistung.

Da wir im Tal fest saßen, machten wir das Beste daraus, wir sammelten Kraft für Abenteuer, die noch kommen sollten. Marah fraß sich einen dicken Bauch an, und ich genoss die wunderschöne Umgebung, sprach mit den

Schafen, die nicht besonders viel wussten, und unterhielt mich mit den Vögeln.

Nach drei Monaten war es endlich so weit. Marahs Flügel waren nachgewachsen und glänzten im Sonnenlicht. Sie war auch guter Dinge und wieder unternehmungslustig. Ich packte meine Rucksäcke zusammen und verstaute sie auf Marahs Rücken. Wir verabschiedeten uns von unseren Freunden, und brachen auf in Richtung Moldawien.

25.

„Enayrah, das ist unglaublich, hast du denn nie Angst gehabt?" Fatme schaut mich bewundernd an. „Doch, Fatme, habe ich, aber ich habe versucht, es mir nicht anmerken zu lassen. Marah war mir auch eine starke Stütze. Ich wusste, dass ich im Notfall auch mit ihr hätte flüchten können. Jedenfalls meistens." Ich zwinkere ihr zu.

Wir haben alle belegten Brote aufgegessen, dabei ist es spät geworden, Mitternacht. „Lass uns schlafen gehen", ich muss gähnen. „Erzählst du morgen weiter?", will Fatme wissen und greift nach dem leeren Teller und dem Weinkelch, um alles in die Küche zum Abwasch zu tragen.

„Gerne", erwidere ich. „Gute Nacht, du treue Seele." Und lächelnd verabschiede ich mich, um schlafen zu gehen, begleitet von Cheschmesch, Nadjieb und Aslan, die immer an meiner Seite sind.

Am folgenden Morgen wache ich spät auf. Die Erinnerung hat mich doch mehr beschäftigt, als ich dachte. Ich kleide mich an, und zu meiner Freude ist Fatme bereits aufgestanden und hat unser Frühstück vorbereitet. Ich hole mir noch zwei Äpfel aus der Küche, denn natürlich will ich wie jeden Morgen Marah und Rusche begrüßen. Die beiden erwarten mich stets und ihren Leckerbissen aus meiner Hand.

Fatme und ich setzen uns an den Tisch und nehmen unser Frühstück ein. „Enayrah, erzählst du mir jetzt weiter von deinen Abenteuern?", fragt sie mich, und gerne erfülle ich ihr diesen Wunsch, nicht zuletzt, weil ich dann alles auch noch einmal erleben kann.

26.

Unsere Reise verlief ohne Probleme. Einige Vögel begleiteten uns. Sie flogen eine Weile nebenher, wendeten immer wieder erstaunt ihre Köpfe in unsere Richtung. Sie wiesen uns den besten Weg nach Moldawien und benannten uns Plätze, wo wir uns ausruhen, und Marah Gras fressen konnte.

Moldawien war unser Ziel, doch wo war Smijas Höhle? Einige furchtlosen Krähen wussten Bescheid „Ihr müsst bis an das Ende von Moldawien fliegen. Dort findet Ihr ein kleines Dorf, welches Kriwa heißt. Dort in der Nähe ist der Eingang der Höhle, in der Smija haust."

Marah und ich fanden nach einigen Irrungen das verschwiegen gelegene Dorf und landeten. Einige Dorfkinder beobachteten uns und kamen neugierig herbei. „Hallo, Kinder!", grüßte ich die aufgeregt plappernde Schar. Sicher hatten sie noch nie ein geflügeltes Einhorn gesehen. „Dürfen wir mal dein komisches Pferd streicheln?", und schon hoben sich kleine Händchen an Marahs Schulter und Hals, glitten zärtlich über ihr Fell. Meine Stute genoss diese Zuwendung, und schnaubte wohlig.

Die erste Aufregung nach unserer Ankunft hatte sich gelegt. „Wisst ihr, wie wir zu der Höhle von dem Drachen Smija kommen können?" Ich hatte meine Frage noch nicht ausgesprochen, als die Kinder erschrocken in ihr Dorf flohen.

Marah und ich suchten uns ein Nachtquartier und entschieden uns für eine Felsennase, die ein Dach bildete. Von der einen Seite war sie durch Felsen eingerahmt, von der anderen Seite durch dicht stehende Büsche geschützt. Das bot uns Schutz vor dem Wind, denn das Wetter wurde kühler, der Herbst war da. Außerdem waren wir vor Blicken und ungebetenem Besuch verborgen.

Ich nahm meiner Stute die Rucksäcke ab, und richtete mir ein Nachtlager. Marah ging noch kurz grasen und zu einem Bach trinken, ich nahm mein Abendbrot ein, dann begaben wir uns zur Ruhe.

Wie lange ich schon geschlafen hatte, wusste ich nicht, aber irgendetwas weckte mich auf. Es war stockfinster. Da! Ein Geräusch, das mich wohl geweckt hatte. Es klang, wie im Sturm flatternde Lederlappen. Es war unheimlich. Angestrengt horchte ich in die Nacht hinaus, sehen konnte ich gar nichts, denn der Himmel war bewölkt, kein Licht vom Mond oder den Sternen drang durch die Wolken, um wenigstens etwas Helligkeit zu spenden.

Nun flatterte es wieder, kam näher, dann weiter entfernt. So ging es die halbe Nacht lang. Nach Stunden war endlich Ruhe und ich nahm mir vor, die Ursache dafür am nächsten Morgen zu ergründen. Es dauerte, bis ich wieder in einen unruhigen Schlaf fiel, und spät wachte ich am anderen Morgen auf.

27.

Marah hatte auch schlecht geschlafen, sie hatte ebenfalls das Flattergeräusch gehört. Somit erkundeten wir die nähere Umgebung. Nach einer Weile fanden wir den Eingang einer Höhle. Er war von Büschen verstellt, aber dennoch fanden wir ihn. Es war der Eingang zu Smijas Höhle, nur wussten wir das noch nicht. Marah und ich gingen vorsichtig hinein, blieben stehen, bis sich unsere Augen an das Dämmerlicht gewöhnt hatten, dann gingen wir weiter. Nach einigen Metern erblickten wir große Beutel an der Decke und an den Vorsprüngen von Felsen hängen. Erst konnte ich mir dieses Phänomen nicht erklären, aber dann bewegte sich eines der Beutel. Er wickelte etwas von sich ab, und ich sah den riesigen Flügel einer Riesenfledermaus, größer, als jeder Vampir! Marah und ich machten schnell kehrt, und hasteten zum Ausgang zurück.

Doch wir blieben nicht unentdeckt. Dieser ausgewickelte Beutel hatte seine großen runden Augen auf uns gerichtet, und ich merkte, dass er sich uns als Störenfriede einprägte.

Erleichtert erreichten wir den Ausgang, „Hast du das gesehen, Marah?", und atmeten erst einmal tief durch, denn es war auch ein beißender Gestank in der Höhle, der uns Tränen in die Augen trieb. „Das war unheimlich", meinte Marah und schnaubte sich heftig den Gestank aus ihren Nüstern.

Draußen erhellte die Herbstsonne den Tag. Die klare Luft füllte wieder unsere Lungen, und wir verbrachten den Tag damit, Pläne zu schmieden, wie wir weiter vorgehen wollten.

Fledermäuse werden in der Dämmerung aktiv, und so verbargen Marah und ich uns, verhielten uns ganz ruhig, und warteten auf die Flattermänner. Die Sonne ging unter, und es dauerte nicht lange, als der erste aus der Höhle flog. Andere folgten, und sie zogen ihre Kreise, manchmal gefährlich nahe über unser Versteck hinweg. Sie verständigten sich mit Schallwellen und Piepsen, ich hatte Mühe, sie zu verstehen. Aus Bruchstücken entnahm ich, dass sie Smijas Wachen waren, und ihre Höhle gegen Eindringlinge verteidigten.

Das wird nun eine sehr schwere Aufgabe, in die Höhle einzudringen, und gleichzeitig nicht entdeckt zu werden. Aber wo war die Goldkugel? Ich beschloss, zunächst der Sprache zu lauschen, derer sich die Fledermäuse bedienten. Als es ganz dunkel war, flogen sie in ihre Höhle zurück. Marah und ich begaben uns auch zur Ruhe, aber ich dachte über diese seltsamen Wächter nach. In der ersten Nacht müssen sie wohl nach uns gesucht haben, wie auch immer sie von unserer Anwesenheit erfahren haben. Tagsüber mussten sie schlafen, um in der Dämmerung wieder aktiv zu werden.

Marah und ich beschlossen, noch eine weitere Nacht und den folgenden Tag zu warten. In der Zeit übte ich für mich die selbst für meine Zunge ungewöhnliche

Sprache der Fledermäuse, vielleicht konnte ich sie am folgenden Abend aushorchen. Ihr Piepsen war fast nicht zu hören, und die Schallwellen, die sie ausstießen, konnte ich nicht deuten.

Am folgenden Abend suchte ich mir ein anderes Versteck in der Nähe von Smijas Höhle, und nachdem die Fledermäuse wieder ihre Rundflüge begannen, fragte ich die nächtlichen Gesellen zwar zaghaft, aber immer wieder nach Smija und der goldenen Kugel.

Irgendwann gab mir ein Vampir Antwort und ich erfuhr, dass Smija die Kugel in dem blauen See in der Höhle versenkt hatte. Nur ab und zu tauchte sie hinunter, und holte sich den Schatz, um ihn zu betrachten. Das machte sie stets bei Vollmond. Weitere Fragen stellte ich nicht aus Furcht vor Entdeckung.

Ich wartete noch, bis es Tag war, und die Fledermäuse wieder in der Höhle verschwunden waren. Dann schlich ich mich zurück zu Marah und berichtete ihr von meinen Neuigkeiten.

28.

Es blieb noch eine Woche bis zum Vollmond. In der Zeit schmiedeten wir Pläne. Marah würde in der Nähe des Höhleneingangs warten. Ich wollte allein hinein gehen, aber den Wünschebecher und den seidenen Schleier mitnehmen. Als es so weit war, packte ich beides in einen kleinen Beutel, den ich mir um meine Schulter hängte. Automatisch legte ich Brot, Wurst, Käse und den Wein dazu und marschierte am hellen Tage in die

70

Höhle. Tagsüber schlafen die riesigen Fledermäuse ja. Vielleicht konnte ich vor dem Abend wieder heraus sein, noch ehe diese unheimlichen Wesen aufwachten.

Langsam schlich ich mich in der Höhle voran, meine Augen mussten sich erst an die Dunkelheit gewöhnen. Überall hingen die Riesenvampire.

Die Höhle war fantastisch. Die Wände durchzogen von farbenfrohen Mineralien, die auch das kleinste bisschen Licht reflektierten, sodass die Höhle leicht erleuchtet war.

Ich musste feststellen, dass sie sehr viel länger war, als ich angenommen hatte. Wie sollte ich also den Weg zurück finden? Ich entschloss mich, alle 5 m ein Stück von meiner Wurst abzubeißen, und damit eine Spur zu legen. Vorsichtig setzte ich meinen Weg fort auf der Suche nach dem blauen See.

Ich zählte die ausgelegten Bissen, um so einen ungefähren Eindruck von der Länge meiner Höhlenwanderung zu erhalten. Nach meiner Schätzung war ich bereits 3 Stunden unterwegs, und einen Kilometer weit gekommen. Den blauen See indes fand ich immer noch nicht.

Was ich noch nicht wusste, viele Stunden Wanderung lagen noch vor mir und ich befürchtete schon, den blauen See nicht bis Mitternacht zu finden. Doch endlich lag er vor mir. Er war phantastisch, blau wie ein Saphir mit spiegelglatter Oberfläche ruhte er zwischen den Felsen, die eine unvorstellbar große Höhle bildeten.

Ich war beeindruckt von dieser Kulisse, als sich plötzlich auf der Wasseroberfläche Blasen bildeten. Schnell verbarg ich mich hinter einem kleinen Felsvorsprung und schaute fasziniert auf den See. Die

Blasen wurden immer mehr, sie schienen zu kochen, als sich plötzlich ein riesiger Drache aus dem Wasser erhob. Es war Smija!

Schnell zog ich das seidene Tuch aus meinem Beutel hervor, und warf es mir über. Nun war ich für sie unsichtbar, und stellte mich so, dass ich sie gut beobachten konnte.

Smija trug die goldene Kugel in ihrem Maul, dann tauchte sie wieder ab. Die Wasseroberfläche hatte sich noch nicht ganz beruhigt, als sie wieder auftauchte. Sie warf die Kugel in die Luft, fing sie wieder auf und spielte mit ihr! So ging es immer weiter, sie zu beobachten, war beeindruckend. Elegant und scheinbar schwerelos bewegte sie ihren massigen Körper durch die Wellen, die sie verursacht hatte.

Nach einer Weile hielt sie inne und blickte in meine Richtung. Dabei hielt sie die goldene Kugel im Maul. Smija schien zu überlegen, dann legte sie die Kugel ab, stieg aus dem Wasser, und kam in meine Richtung.

Ein Schreck durchzog mich, wie kann sie mich sehen, wo ich doch das seidene Tuch über mich ausgebreitet hatte?

Schnell zog ich mich hinter meine Deckung zurück, als Smija schnüffelnd an mich heran kam. Mein Herz drohte, stehenzubleiben. Ich spürte den Atem des Tieres. Sie schnüffelte nur mit wenigen Zentimetern Abstand an mir herum, während ich stocksteif stehen blieb. Ich wagte kaum, zu atmen und drängte mich an den Felsen.

Smija schnaubte aus, und mein leichtes Seidentuch drohte, wegzufliegen. Das durfte nicht geschehen, und im letzten Moment konnte ich noch einen Zipfel festhalten.

In demselben Moment wandte Smija ihren Kopf von mir ab, und trampelte an mir vorbei. Sie hob etwas vom Boden auf, dann ging sie ein Stück weiter, suchte wieder den Boden ab, hob etwas auf. Nun konnte ich sehen, was es war, sie fraß die Wurststückchen, die ich für meinen Rückweg ausgelegt hatte!

Vorsichtshalber band ich das seidene Tuch nun um meinen Hals, denn allein der Kontakt zu ihm machte mich unsichtbar, auch alles, was ich anfasste.

Schnell sprang ich zur goldenen Kugel, griff nach ihr und verstaute sie eilig in meiner Schultertasche. Nun brauchte ich nur noch hinter Smija her zu laufen, die alles um sich herum vergessen zu haben schien, so gierig suchte sie nach der Wurst.

Langsam mussten wir uns dem Höhlenausgang nähern, den ich einige 100 Meter vor mir erahnte. Smija hatte es auf einmal sehr eilig, ich konnte ihr gar nicht mehr folgen, und plötzlich war sie verschwunden.

29.

Nun ging ich ohne meine Führerin weiter. Jedoch, irgendetwas stimmte nicht. Ich war zwar immer noch unsichtbar, hatte aber das Gefühl, genau beobachtet zu werden.

Aufmerksam suchte ich die Umgebung ab, um auf eventuelle Übergriffe gefasst zu sein. Aber ich konnte nichts entdecken. Dennoch blieb ich auf der Hut.

Es traf mich unvorbereitet und sehr schmerzhaft. Etwas biss mich in meine linke Wange und ließ nicht mehr los. Dann konnte ich nichts mehr sehen, etwas versperrte mir die Sicht.

Es war einer der Vampire! Plötzlich ging eine große Attacke los. Die Vampire stürzten sich auf mich, versuchten, sich festzubeißen. Ich konnte mich von dem Vampir an meiner Wage befreien und rannte los. Doch ich konnte den Riesenfledermäusen nicht entkommen, wieder und wieder bissen und schlugen sie auf mich ein.

Ich versuchte, mich in einem kleinen, abzweigenden Gang zu verstecken und kauerte mich auf den Boden, meine Arme schützend um meinen Kopf gelegt.

Nun war mir klar, warum mich trotz Tarnung die Vampire entdecken konnten, sie senden Schallwellen aus, und können so alles um sich herum wahrnehmen, also auch mich.

Meine Aussichten, ihnen zu entkommen, waren sehr schlecht. Sie konnten mir zwar nicht alle in meinen engen Seitengang folgen, ich musste mich dort zum Glück auch nur noch nach vorne verteidigen, doch auch das erforderte meine ganze Aufmerksamkeit.

Die Angriffe wurden nicht weniger und waren sehr aggressiv. Ich versuchte nur noch, nicht noch mehr verletzt zu werden. Da fiel mir in meiner Not der Wünschebecher ein. Mit einer Hand nestelte ich meine Schultertasche auf, mit der anderen wehrte ich die Vampire ab. Die Zeit erschien mir endlos, bis ich den Wünschebecher gegriffen hatte, und presste ihn an mich. Ich wünschte, endlich aus der Höhle heraus zu sein, und die Vampire los zu werden, doch nichts geschah. Ich war verzweifelt, funktionierte der Wünschebecher etwa nicht?

Meine Verzweiflung wuchs, meine Wange blutete stark, und Hilfe war auch nicht in Sicht. Wieder griff ich nach dem Wünschebecher, der inzwischen voller Blut war, und wünschte mich aus dieser Höhle heraus in Sicherheit bei Marah, weg von diesen furchtbaren Vampiren, dann fiel ich in Ohnmacht.

30.

Ich habe mich verplaudert, Fatme und ich sitzen immer noch am Frühstückstisch, dabei ist es schon Abend geworden. „Stammt Deine Narbe im Gesicht von dem Vampir?", will sie wissen, und ich nicke. "Ja, sie ist im Laufe der Jahre kleiner geworden, aber man sieht sie immer noch."

Ich erhebe mich, recke meine Glieder und frage Fatme, ob sie mit mir einen Spaziergang um meinen Hof herum machen möchte.

Es ist ein milder Sommerabend in Singastein, die Luft wie Seide und ich atme tief durch. „Hier habe ich als Kind gespielt, Fatme, und hier habe ich auch die Sprache der Tiere gelernt."

„Ja, ich weiß", entgegnet sie, „ich habe dich mit ihnen sprechen hören. Eine Gabe, die ich auch gern hätte. Dann wüsste ich, was sie über uns denken." Sie lächelte verschmitzt. „Aber etwas habe ich dennoch von dir gelernt, ich kann mich mit Marah und Rusche unterhalten."

Ach, meine treuen Begleiter auf meinen Abenteuern. Wie sehr ich sie doch liebe, ihre Nähe, ihre Zuverlässigkeit, ihre Furchtlosigkeit und ihren wunderbaren Geruch nach Pferd. Zärtliche Gefühle für meine vierbeinigen Freunde überkommen mich, und automatisch gehen wir zu ihrem Stall, den sie jederzeit betreten oder verlassen können, wenn sie grasen wollen.

Wir werden mit freudigem Wiehern begrüßt und tätscheln die Hälse der beiden. Dann setzen wir uns auf Bänke unter einem blühenden Rosenstrauch.

Glühwürmchen tanzen in der nahenden Dämmerung. Ich erzähle weiter.

31.

Alles sah ich wie durch einen Schleier, wusste nicht, ob ich wach war oder träumte, aber es fauchte und spie Feuer um mich herum, Leiber wirbelten umeinander, ich meinte, Marah in dem Getümmel zu sehen. Ein wilder Kampf war entbrannt, tobte um mich herum. Dann wurde alles wieder schwarz vor meinen Augen.

Wie aus weiter Ferne hörte ich ein Schnauben, warmer Atem streifte mein Gesicht „Enayrah", drang es in mein Unterbewusstsein.

Langsam öffnete ich meine Augen, versuchte, meine Umgebung wahrzunehmen und meine Situation zu begreifen. Etwas Großes beugte sich über mich, und beschnüffelte mein Gesicht. Ganz langsam wurde ich wach, kam wieder zu mir. Marah blickte mir in die Augen, sie war es, die mir ihrem Atem ins Gesicht blies.

„Enayrah, bist du wieder wach?", fragte sie mich besorgt. Ich sah an ihr hoch und bemerkte, dass ihr Einhorn voller Blut war.

Erstaunt sah ich es an, begriff aber immer noch nicht, was geschehen war. „Enayrah, sie sind weg." Wer ist weg? Wer war denn da? Ich wusste immer noch nicht, was Marah meinte. Ich blickte mich um, alles um uns herum war verwüstet, der Boden aufgewühlt, die Bäume angebrannt, das Gras versengt.

Hast du denn gar nichts mitbekommen?" „Was war denn, Marah?", fragte ich. Hatte ich vielleicht gar nicht geträumt?

„Smeujy kam angeflogen, er wollte von Smija die goldene Kugel zurück haben. Sie gab sie ihm nicht, und so fingen sie an zu streiten, dann kämpften sie erbittert. Smeujy fauchte Feuer, wobei dein seidenes Tuch verschmorte, so konnte ich dich erblicken und mich vor dich stellen. Sie haben nur noch ihren Kampf gesehen, aber nicht, wo sie hin traten. Ich habe den beiden Drachen kräftige Stöße mit meinem Horn versetzt, bis sie endlich in ihrem Eifer voneinander abließen. Smeujy flog beleidigt wieder ab, und Smija humpelte in ihre Höhle zurück, begleitet von ihren Vampiren."

Ich hatte also nicht geträumt, der Kampf war wahr! Mein Seidentuch, dass es verbrannt war, war schlimm. Automatisch griff ich nach meiner Umhängetasche, aber die war auch fort. Ich schaute mich nach ihr um und sah sie im Dreck liegen. Ihr Tragriemen war auch verschmort, weswegen sie abgerissen war.

Ich kroch zu meiner Tasche. Ihr Inhalt war zerstreut. Ich fand noch meinen Wünschebecher und meine Flasche Wein. Das Brot, der Käse und die goldene Kugel waren fort!

Entsetzt sah ich zu Marah auf, Sie hatte nichts bemerkt, da sie mit ihrem Rücken zu mir und der Tasche die Verteidigung für mich übernommen hatte.

Schwankend stand ich auf und untersuchte den Boden. Ich fand lauter größere und kleinere Pfotenabdrücke, die zu einem Rudel Wölfe gehörten.

32.

Ratlos blieb ich stehen, sah mich zu Marah um. „Marah die goldene Kugel ist wieder weg! Auch mein Brot, Käse und die Wurst" verzweifelt hielt ich die Überreste meiner Tasche in der einen, und die Weinflasche in der anderen Hand.

Schuldbewusst sah mich Marah an, aber sie konnte doch nicht gleichzeitig vor sich und hinter sich aufpassen.

Wir beschlossen, den Spuren zu folgen, sobald wir uns wieder etwas erholt hatten. Allzu lange konnten wir nicht warten, weil sonst die Spuren vom Wolfsrudel verwischt sein würden. Doch zunächst versorgte ich meine Wunde im Gesicht, und legte heilende Kräuter und Blätter darauf, die ich fand.

Dann belud ich wieder meine treue Marah und saß auf. Wir kamen durch einen herrlichen Buchenwald, dessen Laub in den allerschönsten Herbstfarben leuchtete. Ich ritt durch die Bukowina den Pfotenabdrücken folgend, und nach einer Woche hatten wir in der Nähe von Czernowitz das Wolfsrudel erreicht.

„Ich werde jetzt Wolfsgeheul anstimmen, Marah, und hoffe, dass mir das Rudel antwortet." Ich legte meinen Kopf in den Nacken, und heulte los. Aus vielen Kehlen erhielt ich Antwort, es waren dunkle und hellere Stimmen, aber auch dünne Welpenstimmchen, die einen Chor bildeten.

Vorsichtig kamen zwei Wölfe aus ihrer Deckung heraus. Sie musterten uns aufmerksam „Wie kommt es, dass du unsere Sprache sprichst?", wunderten sie sich. „Ich liebe alle Tiere und sie sind meine Freunde", entgegnete ich und stellte mich vor, „ich kann alle Tiersprachen verstehen und sprechen."

Das beeindruckte die Wölfe, und vorsichtig näherten sie sich. Ich saß ab, und ging langsam auf die beiden zu.

„Ihr habt den Kampf von Smija und Smeujy gesehen", wandte ich mich der Wölfin zu. „Habt ihr vielleicht meine Tasche durchsucht?" Verlegen schauten sich die beiden an „Nein, haben wir nicht." „Ich habe aber eure Pfotenabdrücke gesehen, auch, dass ihr mehr als nur zwei wart." Ich ließ meinen Blick zwischen beiden hin und her schweifen. „Habt ihr Welpen?"

Oh ja, die hatten sie, und stolz riefen sie ihren Nachwuchs herbei, um 5 kleine Wölfe vorzustellen.

Fröhlich kamen die Kleinen heran, sie balgten sich spielerisch, schlugen Purzelbäume, jagten sich gegenseitig, kugelten auf der Erde übereinander. Ich musste lachen, es sah zu niedlich aus.

„Ihr kleinen Wölfe, habt ihr meine Tasche durchwühlt, meine Wurst, Käse, Brot und die goldene Kugel mitgenommen?" Die Kleinen hörten mir gar nicht zu, sondern spielten weiter, dann kamen sie neugierig auf Marah zu, schnüffelten an ihren Beinen, sahen zu ihrem Kopf auf. Marah beugte sich herunter, und schnaubte. Da sprangen die kleinen Kobolde erschrocken zurück.

„Ihr seid etwas gefragt worden", riefen die Wolfseltern wie aus einem Mund. „Was denn?", fragten die Kleinen, und ich wiederholte meine Frage. Verlegen drucksten sie herum. „Na? Wird's bald?", hakten die Eltern nach, und mit eingezogener Rute schlichen die Kleinen davon, um immer wieder sichernd zu uns zurück zu schauen. Nach kurzer Zeit kehrten sie zurück, jeder trug etwas im Mäulchen, umtanzt von dem kleinen Wolf, der nichts trug.

Da waren meine Schätze! Beglückt nahm ich sie an mich, und bedankte mich bei den Wölfen für ihre Ehrlichkeit und ihren Anstand. „Kann ich etwas für euch tun? Habt ihr einen Wunsch?", fragte ich sie. Ich sah ihre Augen aufleuchten. „Gerne, wenn du das vermagst. Wir müssen manchmal im Winter hungern, kannst du das abstellen?" Ich zog meinen Wünschebecher hervor und sah lächelnd zu der Wolfsfamilie hin. Ich füllte ihn mit etwas Wein und hob den Kelch auf das Wohl der Wölfe verbunden mit dem Wunsch, dass sie niemals Hunger leiden müssen. Und so kam es auch. Die Nachkommen dieser Wölfe leben noch bis heute glücklich und zufrieden, was man leider von anderen Wolfsfamilien nicht behaupten kann.

Marah und ich machten uns auf den Heimweg nach Singastein. Wir flogen nicht, weil mir schwindelig wurde, denn meine Wange hatte sich doch entzündet und heilte nur langsam.

Wir erreichten die Ukraine. Die Landschaft war hügelig, Wälder unterbrachen Wiesen und Felder, die bereits abgeerntet waren. Raben hüpften auf ihnen herum, beschäftigt mit der Nachlese der eingebrachten Ernte. Auf Bäumen hockten Elstern, und sahen ihnen zu.

Es waren erstaunlich viele Vögel von der Art, dachte ich noch, und wir setzten unseren Weg fort in Richtung Nordwesten.

Wir kamen zwar nicht schnell, doch beständig voran. Eine verlassene Hütte bot uns Quartier für die Nacht, und wir traten ein. Es gab Heu und Stroh, und ich richtete für Marah und mich ein weiches Nachtlager. Ich versorgte noch meine Wange, während Marah sich über das Heu hermachte. Sie hatte wahrhaftig einen guten Appetit. Ich verzehrte auch mein Abendbrot. Dann begaben wir uns satt und zufrieden zur Nachtruhe.

Irgendetwas kratzte und hackte an der Hütte herum. Zunächst nahm ich das Geräusch nur im Unterbewusstsein wahr, doch dann weckte es mich tatsächlich auf. Merkwürdig, was das wohl war?

Langsam stand ich auf und strich Stroh von meiner Kleidung, welches mir noch anhaftete, und ging zur Tür, um nachzusehen.

Ich öffnete sie einen Spalt, und traute meinen Augen nicht. Das Feld rings um unsere Hütte war schwarz vor lauter Vögeln. Unzählige Raben und Elstern hockten dort und beobachteten die Hütte, warteten auf uns.

Schnell schlug ich die Tür wieder zu.

Es fiel mir wie Schuppen von den Augen, wieso hatte ich nicht längst daran gedacht? Natürlich würden die Djinnyjah wieder versuchen, die Goldkugel zu rauben!

„Marah, Marah, wach auf!", rief ich meinem Ross zu und eilte zu ihm. „Draußen ist das Feld voller Raben und Elstern, das musst du dir ansehen!" Marah stand auf, schüttelte sich und ging mit mir an die Tür. Ich öffnete sie wieder einen Spalt, damit sich Marah die Versammlung anschauen konnte, Diesen Augenblick nutzten einige Vögel, um in unsere Hütte einzudringen. Schnell schloss ich die Tür wieder.

Fünf Raben und 3 Elstern waren mit hinein geschlüpft. Sie hockten zusammen und starrten uns an. Ab und zu legten sie ihre Köpfe schräg, und musterten uns. Dann hüpften sie in eine andere Ecke und musterten uns wieder.

Sie suchten mit verstohlenen Blicken die Hütte ab, bis ihre Augen an meinen Rucksäcken hängen blieben. Wie auf einem Schachbrett versuchten sich nun die Vögel zu positionieren. Dabei kamen sie meinen Rucksäcken immer näher. Marah bemerkte das auch, und sie scharrte schnaubend mit ihren Hufen. Das hielt die Vögel zunächst auf Distanz.

„Was wollt ihr von uns?", fragte ich die gefiederten Eindringlinge, obwohl ich die Antwort ja bereits wusste. „Gib uns die goldene Kugel, und ihr könnt ungeschoren eurer Wege ziehen", krächzte der Rabe, der sich bereits am weitesten an meine Rucksäcke heran getraut hatte „Niemals!", rief ich, griff nach meinen Rucksäcken, und warf sie auf Marahs Rücken.

Marah trat und stach nach den Raben, die ihren Attacken geschickt auswichen, und auf sie einhackten. Auch mich erwischten sie. Sie versuchten, mir in meine verletzte Wange zu hacken, aber ich wehrte sie mit meinem Arm ab.

Ich sprang auf Marahs Rücken, dann stellte sie sich mit ihren Hinterbeinen an die Tür und keilte aus, während sie nach vorne die Vögel abwehrte. Die Schuppentür flog förmlich auf und fiel zwischen die Raben, die erschrocken zur Seite flatterten. Diesen Moment nutzte Marah, und galoppierte zwischen den Raben und Elstern hinweg und hob sich nach zwanzig Galoppsprüngen in die Luft.

„Krah krah", die Raben krächzten empört, begleitet von den Elstern, die sich nun auch alle in die Lüfte erhoben und die Verfolgung aufnahmen.

Marah gab sich alle Mühe, den Vögeln zu entkommen, doch sie hatte auch noch mich und die Rucksäcke zu tragen, außerdem hatte sie sich einen dicken Bauch angefressen, der ihre Geschmeidigkeit etwas behinderte.

Unsere Verfolger kamen immer näher. Die ersten hatten uns schon erreicht, und hackten auf uns ein. Es war ziemlich schmerzhaft, und wenn das so weiter ginge, würden sie uns ernsthaft verletzen.

Wir flogen in Richtung Norden, dann Westen, immer verfolgt von unseren Peinigern. Vor uns türmten sich schwarze Wolken auf. Ein schweres Unwetter lag vor uns. „Marah, wir müssen da hindurch, sonst können wir unsere Verfolger nicht abschütteln!" Wir flogen mitten in das Gewitter hinein, um uns herum zuckten Blitze. Doch wir hatten keine andere Wahl. Es war die einzige Möglichkeit, die Rabenvögel abzuschütteln.

Marah und ich gewannen weiter an Höhe, und kurz vor einer schwarzen Wolkenwand flog sie im Sturzflug hinein. Kaum waren wir in den Wolken verschwunden, schwenkte sie nach links, dann steil nach oben, dann nach rechts. Diese Manöver mischte die Wolken derart auf, dass sie ihre schwere Last abwarfen, und es zu regnen begann. Es goss wie aus Kübeln auf die Raben und Elstern nieder, die daraufhin noch eine Weile hin und her flogen, dann aber doch notgedrungen abdrehen mussten.

Für uns wurde es Zeit, noch viel mehr an Höhe zu gewinnen, und in Richtung Westen zu verschwinden. Marah holte alles an Kraft aus sich heraus, und wir flogen eilig davon.

Als wir meinten, unsere Feinde weit genug hinter uns zurückgelassen zu haben, landeten wir an einem Fluss. Erhitzt und erschöpft ließen wir uns am Ufer nieder. Ich nahm Marah ihre Last ab. „Das hast du großartig gemacht, meine treue Freundin. Lass uns ein Bad nehmen, und den Schweiß abwaschen."

Die Erfrischung tat uns sehr gut, und langsam kamen wir wieder zur Ruhe.

35.

Wir befanden uns nun in Polen, und rasteten an dem Flüsschen Ner. In einem Mischwald fanden wir einen geschützten Ort, wo wir uns unter einer Buche mit herrlich buntem Herbstlaub niederließen.

Hier konnten Marah und ich in Ruhe über die Raben und Elstern der Dschinnyjah reden. Diese Zaubererdynastie war grausam, strebte nach Macht über andere. Darum wollten sie ja auch alles kontrollieren, auch alles, was essbar war, mit dem Ziel, die Menschen und Tiere in Abhängigkeit zu bringen. Alle Menschen und Tiere wären nur auf sie angewiesen, ihren Launen und dunklen Zielen ausgeliefert.

Wenn sie Hunger verbreiteten, alles Getreide, Gemüse, Obst und Fleisch vorenthalten oder zuteilen konnten, waren alle Menschen und Tiere ihrer Willkür preisgegeben. Sie konnten Hungersnöte verbreiten. Das durfte niemals geschehen, und wir beschlossen, besonders wachsam zu sein und den Rucksack mit der goldenen Kugel nicht aus den Augen zu lassen.

„Was hältst du davon, wenn wir in den anderen Rucksack einen runden Stein legen, der die Größe der Goldkugel hat? Dann kann man ihn von außen fühlen, und doch verwechseln." Marahs Idee klang gut, und so machten wir es.

Nachts wurde es schon ziemlich frisch, denn es war ja bereits Herbst. Lange würden wir nicht mehr im Freien schlafen können. Wir bereiteten uns ein Lager unter der Buche, die auch schon etwas Laub abgeworfen hatte. Dieses sammelte ich zusammen und schuf mir eine weiche Unterlage für die Nacht.

Ich legte mich auf meinen Laubhaufen, wollte meinen Kopf gemütlich lagern, als mein Gesicht von einem höllischen Schmerz durchzogen wurde. Ich schrak hoch und sprang auf meine Beine. Dann fühlte ich meine Wange ab, in meiner Hand war lauter Blut! Ich schaute auf den Laubhaufen zu der Stelle, wo ich mein Gesicht gebettet hatte. Etwas bewegte sich dort. Ich nahm einen Stock vom Boden und schob das Laub zur Seite. Unter dem Laubhaufen, welchen ich als mein Kopfkissen geplant hatte, befand sich ein Igel!

„Entschuldige, Enayrah", piepste das Stacheltier „ich musste so handeln." „Wieso? Warum hast du mich verletzt? Was hab ich dir getan?" „Nichts, du hast mir nichts getan. Ich habe jahrelang auf dich gewartet." Das erschien mir ziemlich verrückt „Du hast auf mich gewartet? Woher wusstest du von mir?" Der Igel antwortete: „Die Djinnyjah, sie haben mich verzaubert. Dann haben sie mich ausgelacht und gemeint, ich könne bis zum Ende der Welt warten, erlösen könnte mich nur Enayrah von Mamnouna mit ihrem Blute. Da wusste ich mir keinen anderen Rat." „Und?", fragte ich „bist du nun erlöst?"

Der Igel kroch nun aus dem Laub hervor. „Nein, ich bin nicht erlöst, weil es nur zusammen mit meiner Gefährtin geht. Auch sie wurde verzaubert, und auch sie kann nur so erlöst werden. Die Djinnyjah lachten damals, weil sie sicher waren, dass du für uns kein Blut vergießen würdest."

Aus einer Wurzelhöhle der Buche wagte sich ein kleines Näschen hervor. Es war ein zweiter Igel, der vorsichtig zu dem ersten Igel trippelte. „Das ist meine Gefährtin", stellte sie der Igel vor. „Ein Tropfen deines Blutes vergossen auf ihrem Rücken würde uns beide erlösen." Beide schauten mich erwartungsvoll an.

„Wer seid ihr denn in Wirklichkeit?", wollte ich wissen, denn ich befürchtete eine Falle. Damit musste man immer rechnen, wenn die Djinnyjah ihre Finger im Spiel hatten.

„Ich heiße Stanislaus, und meine Gefährtin Jolanta. Wir sind von fürstlichem Geblüt und wollten heiraten. Danach hätten wir eines Tages in der Thronfolge an erster Stelle gestanden, und Polen regiert. Doch die Djinnyjah wollten das verhindern. Sie hatten unseren schwarzen Oheim Miroslav dafür vorgesehen, der mit ihnen unter einer Decke steckt." Traurig berichteten die Igel nun beide, Sie erzählten von ihrer Kindheit, ihren Familien, ihren Tieren, kurz, von allem, was sie bewegte.

Die beiden taten mir leid, und nach einer Weile glaubte ich ihnen ihre Geschichte. Marah hörte auch aufmerksam zu, blieb aber dennoch misstrauisch. In der Zwischenzeit war das Blut an meiner Wange eingetrocknet, das würde Jolanta auch nicht mehr nützen.

Nach kurzem Überlegen entschied ich mich, zu helfen, nahm von einer Distel einen Stachel, stach ihn mir in eine Fingerspitze und ließ einen Tropfen Blut auf den Rücken der Igelin fallen.

Was dann geschah, traf mich unerwartet. Es gab einen lauten Knall, dann eine dicke schwarze Rauchwolke, die alles einhüllte, so dass ich nichts mehr sehen konnte. Marah und ich standen dort wie versteinert, als sich die Wolke langsam lichtete.

Doch was wir dann zu sehen bekamen, übertraf all unsere Befürchtungen! Zwei Riesenameisen krabbelten umeinander herum, tasteten sich gegenseitig ab, und dann ihre Umgebung mit ihren Fühlern. Ihre Mundwerkzeuge waren furchteinflößend. Sie waren jetzt immer deutlicher zu sehen, weil sich die schwarze Wolke verzog.

Und plötzlich kamen sie bedrohlich auf Marah und mich zu.

36.

Marah und ich wichen zurück, wobei Marah ihr Horn senkte, um zuzustechen. Die Sekunden kamen uns unendlich lange vor, wie Stunden, und alles lief noch einmal vor meinem inneren Auge ab. Wieso nur habe ich den Igeln getraut? Sie müssen selbst vom Stamm der Djinnyjah sein. Rasch bückte ich mich und hob einen dicken Knüppel auf, bereit, uns zu verteidigen.

So standen Marah und ich nun nebeneinander, sie mit gesenktem Horn, ich mit erhobenem Knüppel. Die schwarze Wolke wurde immer lichter, bis sie ganz verschwand. Die Riesenameisen erhoben sich vor uns auf ihre Hinterbeine, und wir holten aus.

In diesem Augenblick erhellte ein greller Blitz die Arena, wir wurden geblendet und konnten nichts mehr sehen! Wenn ich je einmal Angst gehabt hatte, dann in diesem Moment, denn ich war blind und hilflos!

Es wurde totenstill. Mir kam die Zeit wie eine Ewigkeit vor. Alle meine Sinne waren hellwach, und ganz allmählich konnte ich wieder leichte Konturen erkennen. Ich war nicht für immer geblendet, den Göttern sei Dank.

Ganz langsam wurde das Bild, welches sich mir bot, deutlicher. Ich versuchte, die Ameisen zu entdecken, aber sie waren verschwunden. Stattdessen stand ein junges Paar vor mir, ein junger Mann und ein junges Mädchen, die sich an den Händen hielten.

Nun konnte ich wieder klar sehen und bemerkte, wie schön dieses junge Paar war. Auch Marah hatte ihre kriegerische Pose aufgegeben, und stand entspannt mit langgerecktem Hals da, um die beiden zu beschnüffeln.

„Stanislaus, Jolanta, wozu diese Maskerade als Riesenameisen? Wir hätten euch töten können", ich war fassungslos. „Das hatten die Djinnyjah sich so ausgedacht und geplant, für den Fall, dass du uns vielleicht doch erlöst. Du solltest uns dann töten." Mich schauderte bei dieser Vorstellung und Hinterlist dieser bösen Zaubererdynastie.

„Doch deren Plan ist zum Glück nicht aufgegangen, ihr lebt und seid erlöst", erleichtert ergriff ich die Hände der beiden Verliebten. Welch ein schönes Paar, dachte ich.

Wir verbrachten noch eine Zeit miteinander, und ich erzählte ihnen von unseren bisherigen Abenteuern. Beide genossen meine Speisen sehr, zu denen ich sie eingeladen hatte, denn die Nahrung, die sie als Igel zu sich nehmen mussten, war ihnen zuwider.

Jolanta und Stanislaus bereiteten sich auf ihre Wanderung zum Schloss seines Vaters vor, und wir begleiteten sie auf ihrer Wegstrecke an dem Flüsschen Ner entlang. Es ging über Wiesen, Felder und durch Wälder hindurch. Jolanta wollte gerne auf Marah sitzen, und so ließ ich sie reiten. Stanislaus schaute sie bewundernd an, und auch er saß auf. Nach einer Woche kamen wir am Schloss seiner Eltern an. Stanislaus klopfte am Tor und gab sich zu erkennen. Da erklangen zur Begrüßung viele Trompeten und Fanfaren, das Tor wurde aufgerissen, und wir wurden alle mit Freuden empfangen.

37.

Die Eltern von Stanislaus gaben ein großes Fest, welches drei Tage dauerte. Sie waren glücklich, ihren lang vermissten Sohn wieder in ihre Arme schließen zu können und auch Jolanta, ihre künftige Schwiegertochter.

Sie dankten Marah und mir von Herzen für die Befreiung der beiden. Sie luden uns ein, über Winter ihre Gäste zu bleiben. Marah und ich nahmen dankbar an, denn es wurde nun draußen ungemütlich kalt, und etwas Ruhe und Erholung würde uns guttun. Außerdem ruht jetzt das Wachstum von Früchten und Getreide, Marah konnte nicht mehr so viel Futter finden, also nahmen wird das Angebot dankend an.

Meldereiter wurden zu Jolantas Eltern geschickt, die die frohe Botschaft von der Befreiung brachten. Sie kamen so schnell angereist, wie es ging, denn bald sollte ja auch Hochzeit gefeiert werden.

Eine emsige Tätigkeit ergriff alle Bewohner im Schloss. Ein Schneider mit seinen Gesellen nahm für neue Kleider Maß, das Schloss wurde geschmückt, herrliche

Speisen für das große Ereignis beratschlagt und die Gästeliste zusammengestellt.

Mir wurde ein herrlicher Raum zur Verfügung gestellt mit einer großen Terrasse, über die Marah herein und hinaus zum Pferdestall laufen konnte, doch sie entschied sich, bei mir auf einem dicken weichen Fell zu schlafen.

In den Pferdestall ging sie nur, um zu fressen und zu trinken.

Marah lernte die anderen Pferde kennen, und auch die Stallknechte. Einer war dabei, den Marah nicht mochte, denn er war sehr grob.

Ich staunte über die Betriebsamkeit, über die vielen fleißigen Hände, die zum Gelingen des großen Festes beitragen würden. Langsam lernte ich auch alle Bewohner des Schlosses kennen. Alle schienen glücklich und zufrieden zu sein, nur einer fiel mir auf. Er hatte einen verschlagenen Blick und machte stets einen mürrischen Eindruck. Auch missfiel mir sein tückisches Gesicht, und wie er aus den Augenwinkeln schielte, wohl in der Annahme, dass man es nicht bemerkte, wie er jemanden oder etwas belauerte. Er war einer der Diener, fand ich heraus, und ich nahm mir vor, ihn nicht aus den Augen zu lassen.

Marah und ich erkundeten die Gegend, machten lange Ausflüge und genossen die Ruhe, die uns umgab. Inzwischen war tiefer Schnee gefallen.

In der Ferne hörten wir Wölfe heulen. Wie magisch angezogen folgten wir den Rufen, bis wir auf ein Rudel trafen. Im ersten Moment erschraken die Tiere vor uns, aber ich bat sie zu bleiben, stellte uns vor und wir gewannen ihr Vertrauen.

„Ihr müsst die beiden sein, die mit unseren Vettern und Cousinen gesprochen haben." Die Rudelführerin lächelte. „Ja, die hatten sehr muntere Wolfskinder, kleine Diebe waren sie", erwiderte ich schmunzelnd. „So sind eben kleine Wolfskinder, sie können alles gebrauchen, was sich zum Spielen eignet." Die Wölfin lächelte in sich hinein. „Ja, aber nur so können sie auch für ihr Leben lernen. Aber nun etwas anderes. Wir wissen, dass sich deine Feinde in der Gegend aufhalten, die Djinnyjah. Sei auf der Hut, die planen Übles!"

So etwas hatte ich befürchtet, diese Zauberer waren scheinbar überall. Ich bedankte mich bei den Wölfen und wir nahmen Abschied voneinander.

Gedankenverloren machten Marah und ich uns auf den Heimweg. Wir nahmen uns vor, sehr wachsam zu sein. Man kann es drehen und wenden, wie man will, in Sicherheit könnten wir uns erst in Singastein fühlen, und noch nicht einmal wirklich da.

38.

Im Schloss angekommen, schaute ich sogleich nach meinen Rucksäcken, aber sie waren noch im Schrank meines großzügigen Zimmers eingeschlossen. Vorsichtshalber nahm ich den Schlüssel an mich und band ihn an eine Lederschnur, die ich um meinen Hals trug.

Ich nahm mir vor, auf der Hut zu sein, und beobachtete nunmehr kritisch meine Umgebung.

Boten wurden ausgeschickt, um die Hochzeitsgäste einzuladen. In zwei Wochen sollte die Hochzeit sein. Die Zeit bis dahin verging wie im Fluge. Ich staunte über das, was emsige Hände schufen. Alles war geschmückt, bunte Bänder und Fahnen flatterten im Wind.

Dann kamen die ersten Gäste in ihren Kutschen oder Schlitten, die von schönen Pferden gezogen wurden. In ihrem Gefolge hatten sie Diener, die die Geschenke trugen. Es war überwältigend. Im großen Saal des Schlosses wurden alle Geschenke aufgebaut, so dass sie jeder bewundert konnte. Darunter waren wunderschöne Stoffe aus dem Orient, Geschmeide, Edelsteine, Kunsthandwerk und auch edler Wein.

Alle Gäste bekamen ihre Gemächer zugeteilt und dann wurde zur Tafel gebeten. Diener legten die Speisen vor und füllten die Gläser mit köstlichem Wein. Man plauderte und bewunderte die Brautleute, für die am nächsten Tag die Hochzeitszeremonie vollzogen werden sollte.

Auch der Diener, der mir schon unangenehm aufgefallen war, bediente als Mundschenk die Hochzeitsgäste. Er füllte die Weingläser, und schenkte bei den ausgetrunkenen nach. Argwöhnisch beobachtete ich sein Tun. Seine Flasche war leer, kurz bevor er das Hochzeitspaar erreichte, also holte er eine neue Flasche. Ich sah ihm nach, wie er hinausging, um aus dem Weinkeller Nachschub zu holen. Nach einer Weile kehrte er wieder, und schenkte Stanislaus und Jolanta ihre Gläser ein. Dann ging er zum nächsten Gast um Jolantas Stuhl herum, aber er stolperte über ein Stuhlbein, wobei ihm die Flasche aus der Hand glitt und zu Boden fiel. Mit einem Redeschwall entschuldigte sich der Diener und bezichtigte sich selbst, ein Tölpel zu sein. Dann beeilte er sich, eine Schaufel und einen Besen zu holen, hob die Scherben auf, und wischte den verschütteten Wein fort.

Mir gefiel das nicht, und ich beschloss, Jolanta und Stanislaus nicht mehr aus den Augen zu lassen. Endlich wurde der Nachtisch serviert, danach hob man die Tafel auf, um im Park einen kleinen Spaziergang zu machen.

Nachmittags kam man wieder zusammen, denn nun wurden vortreffliches Gebäck und Tee gereicht. Jolanta und Stanislaus baten darum, sich zurückziehen zu dürfen, sie waren sehr müde und wollten sich ausruhen. Kaum waren sie in ihren Gemächern, fielen sie in einen tiefen Schlaf.

Die anderen Gäste unterhielten sich prächtig, die Damen berichteten von der neusten Mode, die Herren gaben mit ihren Jagderfolgen und Duellen an. Dann spielte man Verstecken oder verband jemandem die Augen, der mit den Händen andere Gäste erkennen musste. Alle waren fröhlich und freuten sich.

Plötzlich kam Marah im Trab zu mir in den Saal „Enayrah, Jolanta und Stanislaus werden gerade entführt, schnell, komm mit", und während sie das noch sagte, sprang ich auf. Über die Terrasse rannte ich in mein Zimmer, und mir wurde schlecht. Der Schrank war aufgebrochen, und beide Rucksäcke fort! Was soll nun werden? Schnell lief ich noch in die Gemächer von Jolanta und Stanislaus, sie waren fort. Es war nur noch der Abdruck ihrer Körper auf ihren Betten zu sehen.

Ich rannte über den Parkettboden zurück zu Marah und rief: „Auf, Marah, wir müssen die beiden suchen, und auch meine Rucksäcke sind fort!" Marah informierte mich noch schnell, dass der brutale Pferdepfleger angespannt hatte. Sie vermutete, dass Stanislaus und Jolanta in der Kutsche waren.

Mit einem Satz schwang ich mich auf Marahs Rücken, sie trabte über das Parkett, und kaum im Freien, galoppierte sie los, verfolgt von erstaunten Blicken der Hochzeitsgäste. Zwanzig Sprünge, und sie hob ab in die Lüfte. Von oben würden wir eine bessere Sicht haben, und das Schloss unter uns wurde immer kleiner.

39.

Marah und ich kreisten über dem Schloss und den anschließenden Ländereien. Wenn das Hochzeitspaar wirklich in der Kutsche war, würden wir es finden. Doch die Sicht war schlecht. Dichte Nadelholzwälder versperrten uns die Sicht, zu allem Unglück fing es auch noch an, zu schneien.

Dicke graue Wolken entluden ihre schwere Last, und die herabfallenden Schneeflocken wurden immer dichter.

Wir mussten tiefer gehen und schließlich landen. Da hatte ich den Gedanken, das Wolfsrudel zu rufen. Die Wölfe mussten noch in der Gegend sein, vielleicht konnten sie helfen!

Von Marahs warmem Rücken aus begann ich mit Wolfsgeheul und rief die Tiere: „Ihr Wölfe, kommt herbei. Helft mir, die Kutsche mit dem Hochzeitspaar zu finden." Ich lauschte in den Abend hinaus. Ganz aus der Ferne hörte ich die Wölfe antworten. Sie waren auf dem Weg zu uns.

Es dauerte nicht lange, und sie waren da. Ich berichtete ihnen, was geschehen war, und sie nahmen im dichten Schneetreiben Witterung auf. Marah und ich folgten ihnen, und nach ungefähr einer Stunde, es war bereits dunkel geworden, entdeckten wir die Kutsche. Sie kam im tiefen Schnee nur langsam voran. Die Pferde schwitzten, und Dampf stieg von ihren Körpern und aus ihren Nüstern auf.

Wir mussten überlegen, wie wir vorgehen wollten. Die Wölfe sollten weitläufig die Kutsche umstellen, Marah und ich wollten sie von vorne aufhalten. Also umritt ich die Kutsche in einem großen Bogen, wobei der Schnee das Geklapper von Marahs Hufen schluckte. Nach einer Weile kamen wir an der langsamen Kutsche vorbei und näherten uns wieder dem Waldweg, auf dem sie fuhr.

Wir setzten uns hinter einer Biegung vor die Kutsche und erwarteten sie. Nach einer Weile kam sie um die Kurve herum, wo Marah mit gesenktem Horn und ich sie bereits erwarteten. „Halt!", befahl ich, und die Pferde vor der Kutsche scheuten. Auch der Kutscher erschrak, erholte sich aber schnell wieder von der Überraschung und griff nach der Peitsche. Es war der grobe Knecht, der schon vorher unangenehm aufgefallen war.

In dem Moment schaute jemand aus dem Inneren der Kutsche heraus, und wollte wissen, was sie aufhielt. Es war der mürrische Diener, der den Wein verschüttet hatte.

Nun schlug der Knecht auf die Pferde ein, die sich hoch aufbäumten. Marah rief ihnen zu, nicht weiter zu gehen, und sie hörten auch auf ihre Freundin ungeachtet der Peitschenhiebe, die auf ihre Rücken niederprasselten.

Der Knecht schlug auch auf Marah und mich ein. Mehrere Peitschenhiebe trafen uns, bis ich die Schnur zu fassen bekam, und den Knecht vom Kutschbock ziehen konnte. Er flog durch die Luft, und Marah spießte ihn auf ihrem Horn auf.

Plötzlich gab es einen Feuerball und einen Knall, und der Knecht war verschwunden! Inzwischen war auch der Diener aus der Kutsche ausgestiegen, und bedrohte uns mit einem langen Säbel. In dem Moment sprangen die Wölfe herbei, und jagten ihn davon. Einer der Wölfe biss ihn in seinen Hintern. Und auch er verschwand mit einem Feuerball und Knall. Da war mir klar, die beiden gehörten zu den Djinnyjah!

Die Kutschpferde hatten sich inzwischen beruhigt, und ich konnte einen Blick in die Kutsche werfen. Tatsächlich lagen Jolanta und Stanislaus noch ganz benommen mit Stricken gefesselt auf der Bank, auch meine beiden Rucksäcke waren noch da. Mit großer Erleichterung stellte ich fest, dass die beiden unverletzt waren, und band sie los. „Der Wein", stammelte Stanislaus, „er war vergiftet."

Wir wendeten die Kutsche, und so schnell, wie wir es vermochten, fuhren wir wieder zurück zum Schloss. Zuvor griff ich noch zu meinem Wünschebecher, füllte ihn mit Schnee und wünschte für diese Wolfsfamilie, dass sie von den Menschen in Ruhe gelassen würden, und stets genug zu fressen haben sollten. Die Wölfe bedankten sich mit einem wunderschönen Konzert, welches uns noch eine Weile auf unserer Rückfahrt begleitete.

Die Schlossbewohner waren in heller Aufregung, Soldaten waren zusammengezogen worden, um nach dem Hochzeitspaar Ausschau zu halten. Welch eine Erleichterung, als sie uns kommen sahen!

Wir wurden freudig empfangen, aufgeregt fragten alle durcheinander, was denn geschehen war. Als sie dann Stanislaus und Jolanta sahen, brach großer Jubel aus. Aus dem Stall kamen Pfleger heraus gelaufen, schirrten die erschöpften Pferde aus, rieben sie mit Stroh trocken und fütterten sie. Meine Rucksäcke ließ ich in mein Gemach bringen.

Marah und ich folgen den Verliebten ins Schloss, wo sich alle im großen Saal versammelten. Dann berichteten wir von unserem Abenteuer und dem Verrat durch den Diener und den Pferdeknecht.

Als wir zu der Stelle kamen, wo sich die beiden Übertäter in Rauch aufgelöst hatten, ging ein Raunen durch die Zuhörerschaft. Alles schwatzte aufgeregt durcheinander, denn die Djinnyjah waren überall gefürchtet.

Natürlich ließen wir die Hilfe der Wölfe nicht aus, und alle gelobten, niemals auf Wölfe zu schießen.

Fleißige Diener heizten noch alle Kamine gehörig ein, dann begab sich alles zur Ruhe. Am folgenden Tag sollte nun die Hochzeitszeremonie vollzogen werden, da stand noch genügend Aufregung ins Haus.

Der nächste Morgen begrüßte uns mit Sonnenschein, der auf eine glitzernde Schneedecke fiel. Es sah wie eine Märchenlandschaft aus, so schön! Der Himmel war blau, und die Luft wie Samt.

Stanislaus und Jolanta ging es wieder gut, das Schlafmittel, welches der grimmige Diener in den Wein geschüttet hatte, war überwunden.

Der Zeremonienmeister für Hochzeiten gab das Brautpaar zusammen, und alle Gäste waren Zeugen dieser Vermählung. Anschließend gab es ein Festmahl, und danach spielten die Spielleute mit ihren Schalmeien und Lauten auf. Die Hofgesellschaft tanzte dazu vergnügt. Später trugen die Bänkelsänger die Geschehnisse an anderen Fürstenhöfen in ihren Liedern vor, und so kam es, dass die Geschichte von Stanislaus und Jolanta bis heute unvergessen geblieben ist.

Marah und ich blieben bis in den Februar hinein Gäste auf dem Schloss, doch dann zog es uns wieder heim nach Singastein. Marah tat etwas Bewegung auch gut, sie war ganz schön dick und bequem geworden.

Also verabschiedeten wir uns von unseren Gastgebern und Freunden. Ich packte meine Sachen zusammen, und wollte sie gerade Marah aufladen, als Jolanta noch schnell zu mir kam, um mir ein Päckchen zum Abschied zu schenken. Darin befand sich ein herrlicher goldener Ring mit einem Brillanten darin. „Liebe Enayrah", fing sie unter Tränen an zu sprechen, „dieser Ring soll dich stets an deine Freunde erinnern und ein Dank an dich sein für alles, was du für uns getan hast. Doch solltest du wissen, dass diesem Ring ein Zauber innewohnt.

Wenn du an eine geliebte Person denkst, dabei den Ring drehst und den Stein anschaust, und er färbt sich rot, so wisse, dass dieses von dir geliebte Wesen in Gefahr ist." Mit diesen Worten drehte sie sich schnell um, wohl, damit ich ihre Tränen nicht sehen konnte, und mischte sich unter das Volk, welches nun Marah und mir Lebewohl zurief und uns nachwinkte, als wir uns in die Lüfte erhoben.

Marah und ich nahmen Kurs auf Deutschland, in Richtung Westen, womit wir Singastein wieder ein gutes Stück näher kamen.

42.

Es ist Nacht geworden. Wie doch die Zeit vergeht. Die Glühwürmchen tanzen nicht mehr, die Rosen haben längst ihre Knospen zur Nacht geschlossen. Marah und Rusche liegen in ihrem Stall, gebettet auf weichem Stroh, und schlafen.

Fatme und ich erheben uns, und gehen den Weg zurück zum Haus, begleitet von Cheschmesch und Aslan. Fatme hält eine Laterne, obwohl wir den Weg auch mit geschlossenen Augen finden können. Aber sie ist eben übervorsichtig, die Gute.

Die Erinnerungen beschäftigen mich doch mehr, als ich zunächst angenommen habe. Noch lange liege ich wach in meinem Bett und lasse alle meine Freunde Revue passieren. Was wohl inzwischen aus ihnen geworden ist? Ich nehme mir vor, mich nach ihnen zu erkundigen, aber nicht mehr heute oder morgen, sondern später.

Fatme wird bestimmt am nächsten Morgen die Fortsetzung meiner Abenteuer hören wollen, und so ist es.

43.

Den ersten Stopp legten wir auf einem hohen Berg ein, der Brocken hieß und im Harz lag. Wir fanden eine Berghütte, in der eine alte Frau mit ihrer Tochter und ihrer Enkelin wohnte. Die Frau mittleren Alters stellte sich als Kunigunde vor. Mit einer ausladenden Handbewegung zeigte sie auf die Großmutter: „Das ist meine Mutter, Walburga", schwenkte dann ihre Hand zur Enkelin, „und das ist meine Tochter, Mathilde." Sie luden uns ein, und dankbar nahmen wir die angebotene Gastfreundschaft an.

Marah bekam einen warmen Platz im Stall bei den Ziegen zugewiesen und ich betrat mit den drei Frauen die Hütte, gefolgt von Marah, die wenigstens sehen wollte, wo ich die Nacht über bleiben würde.

In der Hütte hingen an der Decke lauter Sträuße von Kräutern, die getrocknet waren. Der ganze Dachboden war auch voll davon, und es roch angenehm würzig und frisch.

Auf Hockern und Stühlen ruhten Katzen, das ganze Haus war voll von ihnen. Manche kamen an, uns zu begrüßen. Sie strichen um Marahs und meine Beine, ihre Schwänze hoch aufgereckt, während die Spitzen weich hin und her pendelten. Sie schnurrten, machten einen Buckel und rieben ihre Köpfe an uns. Andere

Katzen blieben auf ihren Plätzen und schienen zu schlafen. Tatsächlich aber hatte sie ihre Augen zu kleinen Sehschlitzen geöffnet, und beobachteten uns genau. Wieder andere Katzen ignorierten uns. Sie erhoben sich scheinbar schwerfällig, schleppten sich zu einem der vielen Futternäpfe, kontrollierten den Inhalt, um sich dann daneben fallen zu lassen, was aber sehr elegant aussah. Dann beobachteten sie uns bewegungslos mit halb geöffneten Augen, nur ihre Schwanzspitzen zuckten und verrieten ihre innere Erregung.

Walburga reichte mir eine Schale mit Ziegenmilch, während ich meinen Blick weiter schweifen ließ.

In einer Ecke war Reisig gestapelt, daneben Stangen aus Eichenholz. Kunigunde bemerkte meinen erstaunten Blick und erklärte: „Dies ist mein Arbeitsplatz, an dem ich Reisigbesen zusammenbinde, die ich auf einem Eichenstab fest zusammenzurre. Die fertigen Besen stelle ich dann dort in die Ecke."

Auf der eisernen Kochmaschine stand ein Topf mit Suppe. Mit einem Haken nahm Walburga einen Ring aus der Öffnung über dem Feuer, so dass der Topf hinein passte. Ein gerupftes Huhn lag bereit, um auch dem Suppentopf anvertraut zu werden. Dann schürte die Frau das Feuer unter dem Kochgefäß.

„Wer seid ihr, und wo kommt ihr her?", fragte uns die Großmutter, während Marah erneut ihren Kopf neugierig zur Tür hereinstreckte. Kunigunde streichelte sie, während Mathilde ihr einen Apfel reichte. Sie bewunderten Marahs Einhorn und ihre Flügel.

Ein appetitanregender Duft durchzog die Hütte, und die Suppe war nun fertig. „Du isst doch gewiss mit uns", sagte die Großmutter und wies auf einen Platz am Tisch.

Die Frauen waren mir angenehme Gesellschaft und so erzählte ich ihnen von unseren Abenteuern, und dass wir wieder auf dem Rückweg nach Singastein waren.

Dann bereitete mir Kunigunde ein Nachtlager, und ich fiel in einen tiefen und festen Schlaf. Marah begab sich zu ihrem Quartier bei den Ziegen. Unterbewusst nahm ich nur noch wahr, dass die Kerzen gelöscht wurden, bevor sich alle zur Ruhe begaben.

44.

Als ich am nächsten Morgen erwachte, hatten die Frauen schon Feuer gemacht, und eingeheizt. Ich reckte mich wohlig, bevor ich aufstand, hier gefiel es mir gut, die Gerüche, die Frauen, die heimelige Atmosphäre der Berghütte.

Auf dem Tisch stand bereits ein Krug mit warmer Ziegenmilch, und Walburga schnitt Scheiben von einem Laib Brot ab, den sie vor ihrer Brust hielt. „Guten Morgen, Enayrah", sie lächelte mir den Morgengruß zu und deutete auf den Frühstückstisch. „Nimm Platz und lass es dir schmecken."

Ich stand auf, nahm mir vorher noch eine bereit gestellte Waschschüssel mit warmem Wasser und erfrischte mich, bevor ich mich an den Tisch setzte. Dabei blickte ich mich noch einmal gründlich bei Tageslicht in der Hütte um. „Wozu braucht ihr denn all die Besen?", wunderte ich mich.

Kunigunde lächelte. „Was glaubst du denn, Enayrah, wozu wir die brauchen, hier auf dem Brocken, meine ich." Ich wusste es wirklich nicht, die Hütte war sauber gefegt, alles sah sehr ordentlich aus. „Wir reiten darauf." Lächelnd sah Mathilde zu mir hin, während sie ihr Brot in die Milch tauchte. „Ja", erklärte Kunigunde, „wir sind Brockenhexen."

Jetzt musste ich aber lachen, dass ich nicht selbst darauf gekommen bin! „Wenn wir ein Dutzend zusammen haben, fliegen wir sie ein. Wenn du willst, kannst du mit uns fliegen." Kunigunde nickte mir zu und wartete auf meine Zustimmung. Das ließ ich mir nicht zweimal sagen, und wir verabredeten einen gemeinsamen Flug für den Vormittag.

Marah wollte auch mit, und so nahmen wir unsere Besen, Marah in die Mitte, und stellten uns an einen Abgrund. Marah schätzte die Entfernung ab, ging zwanzig Galoppsprünge zurück und nahm Anlauf.

Hui, und ab ging es durch die Lüfte! Wir flogen um den Brocken herum, dann zogen wir weitere Kreise über kleinere Berge, Almen und Wälder. Wir Frauen und Marah, die vergnügt quiekte, umtanzten einander.

Eine der Hexen hatte die Idee, um die Wette zu fliegen, und wir machten eine Strecke aus. Wir flogen zu dem Dorf Torfhaus, und von dort aus ging es um die Wette zurück zum Brocken. Es war ein herrlicher Spaß. Wir waren alle gleichauf, aber kurz vor dem Gipfel des Berges legte Marah noch einen Zahn zu. Sie gewann haushoch.

Dann flogen wir noch übermütig weiter, flogen die herrlichsten Kapriolen, umflogen einander, es ging auf und ab, hin und her, es war ein herrliches Abenteuer.

Mathilde kam einer Tannenspitze nahe, und fasste nach dem Schnee auf einem Ast, formte ihn zu einem Schneeball, und bewarf uns. Das ließen wir uns nicht gefallen, und griffen ebenfalls nach Schnee. Nun bewarfen wir uns gegenseitig. Ich muss zugeben, dass das ganz schön schwierig war, denn wir mussten uns ja dabei auf den Besen halten. Doch der Spaß, den wir dabei hatten, war das Risiko wert.

Als wir uns ausgetobt hatten, landeten wir und ließen uns rückwärts in den Schnee fallen, unsere Besen in den Händen. Wir lachten fröhlich, und erst nach einer Weile erhoben wir uns, und gingen zur Hütte zurück.

Die drei Hexen meinten, noch nie so viel Spaß beim Einfliegen der Besen gehabt zu haben, und mir ging es ebenso.

45.

Leicht fiel Marah und mir der Abschied nicht, aber wir wollten nach Hause, nach Singastein.

Wir packten alles zusammen, und wollten uns verabschieden, als Kunigunde noch mit einem Geschenk aufwartete. Es war ein kleiner Besen, so lang, wie mein Unterarm. Sie erklärte, einen Zauber in ihn hinein gebunden zu haben. „Er kann natürlich auch fliegen, aber er kann auch sprechen. Man kann ihm

Aufträge geben und er kann berichten, was er gesehen hat."

Ich war gerührt von so viel Herzlichkeit und wusste gar nicht, wie ich mich bedanken sollte. Da hatte Marah die Idee, eine Feder aus ihrem rechten und linken Flügel her zu schenken. Darüber freuten sich die drei Hexen ungemein, war es doch eine wundervolle Erinnerung an unseren überraschenden Besuch und die entstandene Freundschaft.

Aber nun wurde es Zeit, ich saß auf, und Marah galoppierte an, um sich in die Lüfte zu erheben. Die drei Hexen begleiteten uns noch eine Strecke auf ihren Besen, um uns Lebewohl zu winken und Kusshände zu verteilen. Dann drehten sie wieder ab. Der Brocken war ihr Zuhause, dort fühlten sie sich wohl und sicher.

Nun waren Marah und ich wieder alleine. Mit kräftigen Flügelschlägen gewann sie an Höhe und Geschwindigkeit. Unter uns lag eine herrliche Landschaft, zugedeckt mit in der Sonne glitzerndem Schnee. Es war ein herrlicher Anblick. Marahs Atemwolken umflogen meine Beine, ihr warmer Körper fühlte sich prächtig an.

So flogen wir dahin, stets bis die Sonne blutrot untergehen wollte. Drei Tage waren wir unterwegs, bis wir im Schwarzwald ankamen. Wir suchten uns einen geeigneten Landeplatz auf einer kreisrunden Waldlichtung. Weit und breit gab es keine Menschen, wir befanden uns in einem tiefen Tannenwald, also konnten wir auch niemanden um ein Quartier bitten. Ich brach einige Tannenzweige ab und bereitete uns ein Lager unter den tief hängenden Ästen einer mächtigen Tanne. Für Marah war es schwierig geworden, Futter zu finden, und so gab ich ihr von meinem Brot ab. Doch das war natürlich allein keine richtige Nahrung für sie. Sie brauchte frisches Gras oder wenigstens Heu, nur das gab es nicht zu dieser Jahreszeit, beziehungsweise fanden wir keinen Bauern, der ihr etwas abgab.

Das war schlimm, und Marah ging es nicht gut. Ich machte mir Sorgen um sie, konnte aber nichts unternehmen. Also begaben wir uns unter dem Tannenbaldachin zur Ruhe. Ich konnte nicht einschlafen, wälzte mich hin und her, auch Marah döste nur.

Es muss Mitternacht gewesen sein, als sich plötzlich etwas auf der Lichtung zu regen begann. Ich richtete mich auf, und sah 12 Männer auf die Lichtung zuschreiten. Marah hatte das auch bemerkt, ich sah es an ihrem Ohrenspiel.

Die zwölf Männer mit knorrigen Ästen, die sie als Gehstöcke benutzten, erreichten die Mitte der runden Lichtung, bildeten einen Kreis, und setzten sich auf kleine mitgebrachte Schemel. Dann begannen sie zu debattieren. Leider konnten wir nichts verstehen, und nach einer Stunde erhoben sie sich wieder, nahmen ihre Schemel und marschierten einer nach dem anderen wieder fort. Ich fand das sehr erstaunlich. Böse sahen die Männer nicht aus, eher gutmütig. Als sie fort waren, fielen Marah und ich in einen unruhigen Schlaf.

Am nächsten Morgen waren wir wie gerädert. Hatten wir geträumt, oder waren tatsächlich zwölf Männer auf der Lichtung gewesen? Ich suchte nach Spuren im Schnee, konnte aber keine entdecken. Marah sah mir zu, dann sagte sie: „Du suchst nach Spuren von den zwölf Männern, nicht? Ich habe sie auch im Kreis sitzen sehen, aber sie haben keine Spuren hinterlassen." Ich fand das äußerst merkwürdig. „Ja, Marah, das ist mir ein Rätsel. Ob sie Geister waren?"

Da wir ohnehin in Marahs Zustand nicht weiter reisen konnten, beschlossen wir, in der kommenden Nacht auf der Hut zu sein. Vielleicht kommen die Männer ja wieder. Also legten wir uns in der folgenden Nacht auf die Lauer.

Lange mussten wir nicht warten, als die zwölf Männer wieder im Gänsemarsch hintereinander auf die Lichtung traten, einen Kreis bildeten, und sich auf ihre kleinen Hocker setzten. Dann fingen sie wieder an, zu debattieren.

Marah und ich standen unter großen dicht stehenden Tannen, und versuchten zu verstehen, worüber die Männer sprachen. Einen Augenblick lang hatte Marah nicht aufgepasst, und ihr Horn verfing sich im dichten Geäst, was einen Schneefall vom Baum zur Folge hatte. Das lenkte die Aufmerksamkeit der zwölf Männer auf uns, und sie riefen wie aus einem Mund: „Enayrah, Marah, wir wissen, dass ihr hier seid. Kommt her und stellt euch vor."

Wir standen da, wie erstarrt vor Schreck, doch dann schritt Marah mutig vor. Sogleich war ich an ihrer Seite, und gemeinsam gingen wir auf die zwölf Männer zu, die uns erwartungsvoll entgegen sahen. Dann öffneten zwei den Kreis, und wir schritten in die Mitte Die beiden Männer schlossen ihn hinter uns wieder, und ich fühlte mich, wie gefangen. Automatisch legte ich meinen Arm um Marahs Hals, was mir Kraft und Zuversicht vermittelte für das, was wir zu erwarten hatten.

46

Nun standen wir in der Mitte, zwölf Augenpaare ruhten auf uns.

Langsam blickte ich mich um. Da saßen weißhaarige Männer, blonde, braunhaarige, einer hatte sogar schwarzes Haar. Dann war ein rothaariger dabei, und wieder einer mit schlohweißem Haar. Die sahen zwar ungewöhnlich, vielleicht ein bisschen unheimlich aus, aber nicht gefährlich. Und so fasste ich meinen Mut zusammen und rief: „Ihr kennt unsere Namen, aber stellt euch uns nicht vor? Wer seid ihr, und wie heißt ihr?"

Nun steckten die Männer murmelnd ihre Köpfe zusammen, bis dann endlich einer aufstand und sagte: „Ich heiße Januar. Zu meiner rechten sitzt Februar, daneben März." Eilfertig stand der vierte auf und erklärte, April zu sein, wobei er lustige Faxen machte. Dann zeigte er zu seinem nächsten Nachbarn, welcher eine knappe Verbeugung in unsere Richtung vollführte. „Mai, mein Name." Dann stellten sich Juni, Juli und August vor. Der September hob einen Finger und nannte seinen Namen. Der Oktober hatte feuerrote Haare und lächelte nickend. Der November besaß schüttere unordentliche Haare und der Dezember dünne weiße Strähnen. Als alle wieder auf ihren Hockern saßen, stützten sie ihre gefalteten Hände auf ihre knorrigen Stöcke, und sahen uns erwartungsvoll an.

Da erhob sich Januar und fing an zu sprechen: „Wir sind hier zusammen gekommen, um eine Frage zu klären, die uns seit Jahrtausenden bewegt. Bisher konnten wir uns nicht einigen, wir drehen uns leider nur im Kreise, ohne eine Antwort zu finden." Januar schaute uns erwartungsvoll an. „Jetzt ist meine Zeit, in der ich das Zepter halte, aber bald werde ich es an Februar weiterreichen." Januar drehte versonnen das Zepter in seinen Händen und betrachtete es nachdenklich. „Wir machen das so seit ewigen Zeiten, können uns aber nicht einigen, wer von uns der Wichtigste ist, wer von uns der König sein soll." Januar schaute seine elf Freunde an. „Und das versuchen wir nun schon so lange herauszufinden", seufzte er.

Nun redeten alle durcheinander, und erklärten, warum sie am wichtigsten wären. Da hob Januar seinen Arm mit dem Zepter und gebot Einhalt „Enayrah, kannst du uns nicht helfen, diese doch so wichtige Frage zu beantworten?"

Ich war überrascht, dass man mich zur Richterin über diese wichtige Angelegenheit erhob. Eine Antwort musste wohl überlegt sein, und so bat ich um etwas Bedenkzeit und dachte nach. Ich schaute mir die Versammlung noch einmal der Reihe nach an, dann wusste ich, was ich zu sagen hatte.

„Januar und Februar, ihr seid wichtig, weil sich während eurer Regentschaft die Natur erholen kann. Alles schläft und sammelt Kraft für später. März, du löst die Erde aus der Erstarrung, bereitest den Boden vor für Sämlinge. April, du bläst schwarze Wolken fort und bringst Regen, damit die Sämlinge keimen können, aber auch Sonnenstrahlen, die sie genauso benötigen. Mai, du lässt alles grünen und blühen, Juni, du lässt alles wachsen und in saftigen Farben erstrahlen. Juli, du sendest die Sonne, und gibst der Ernte den letzten Schub zum wachsen. August, du spendest schönes Wetter, damit die Menschen ihre Ernten einfahren können. September, auch unter deiner Regierung wird noch das eine oder andere geerntet, der Boden gepflügt für die nächste

Saat. Oktober, du erfreust die Menschen mit deinen wunderschönen bunten Herbstfarben, November, du bläst alle Blätter fort, damit Platz gemacht wird für das nächste Jahr, und Dezember, du bereitest die Natur zum Winterschlaf vor." Jetzt musste ich erst einmal wieder Luft holen und eine kleine Pause machen.

Alle Männer stimmten mir nickend zu. Aber auf ihre Antwort nach dem König unter ihnen warteten sie noch. Also fuhr ich fort: „Ihr seid alle Könige, jeder einzelne von euch. Jeder von euch ist ein König der einen Monat lang regiert." Die Männer hoben erfreut ihre Köpfe, die sie zuvor konzentriert lauschend schräg gelegt hatten. „Keiner von euch kann ohne den anderen sein. Ihr seid alle gleich wichtig."

Das gefiel den Männern, und sie lachten befreit auf. Nun war der Druck von ihnen genommen, sie waren alle gleich wichtig, und jeder war für einen Monat lang König.

„Danke dir, Enayrah", sagte Januar, „du hast viel für uns getan, sag, können wir auch etwas für dich tun?"

„Oh ja, vielleicht könnt ihr das", denn ich hatte eine Idee.

47.

Ich wandte mich an Juli.

„Kannst du für Marah Gras wachsen lassen? Es geht ihr nicht gut, sie hat lange nur von Brot leben müssen, aber es fehlt ihr an frischem Gras."

„Nichts leichter, als das", meinte Juli, und stieß dreimal ganz fest mit seinem Wanderstab auf die Erde. Im Nu war der Schnee auf der Lichtung verschwunden, und stattdessen wiegte sich saftiges Gras im lauen Sommerwind.

Marah war sehr froh, und fraß das frische Grün mit Begeisterung. Das sah August, auch er wollte einen Beitrag liefern. Also stieß auch er seinen Stab dreimal ganz fest auf den Boden, und schon lag da ein großer Heuballen als Wegzehrung für meine Stute bereit.

Nun erhoben sich alle Männer von ihren Schemeln, und traten wieder in gewohnter Reihenfolge ihre kleine Wanderung über die Lichtung an, um im tiefen Wald zu verschwinden. Marah und ich indes blieben ein paar Tage auf der Lichtung, bis meine Stute alles abgegrast hatte. Sie fühlte sich wieder gesund und munter, also dachten wir an unsere Weiterreise.

Inzwischen hatte Februar das Zepter übernommen, außerhalb der Lichtung war es bitterkalt, aber auch die Lichtung wurde von außen her immer weiter mit Schnee bedeckt, je mehr Marah abgegrast hatte. So entschlossen wir uns zur Weiterreise.

Unser Problem war der Heuballen. Wie sollten wir ihn mitnehmen? Nun, da bot sich unser kleiner Hexenbesen an, den wir geschenkt bekommen hatten. Zunächst zweifelte ich, dass er das schwere Gewicht würde tragen können, aber der eingebundene Zauber war so stark, dass es kein Problem für ihn wurde.

Und so starteten wir am nächsten Tag mit unserem sonderbaren Anhang, und flogen nach Norden in Richtung Singastein.

Ich freute mich, meiner Heimat und Familie näher zu kommen. Die so wichtige Goldkugel hatte ich in meinem Rucksack. Es war zeitig genug bis zur nächsten Aussaat in Singastein, denn voraussichtlich werden wir im März dort ankommen. Marah hatte auch wieder ihre alte Kraft zurück, sie war sogar etwas dick geworden, so gut hatte ihr das frische Gras geschmeckt.

48.

Wir gaben sicher ein seltsames Gespann ab, wie wir nun in Richtung Singastein flogen, Marah und ich vorweg, der kleine Hexenbesen mit dem Heuballen hinterher, aber das war uns egal, wie wollten nun schnell nach Hause.

Immer, wenn wir zum Abend landeten, fraß Marah vom Heu, soviel sie konnte, sehr zur Freude von dem kleinen Besen, der dann ja auch weniger zu schleppen hatte.

Inzwischen war es März geworden, die ersten Vögel aus dem Süden waren auch schon nach Norden unterwegs, und sie begleiteten uns auf unserer Route. Ständig schauten einige unserer gefiederten Begleiter zu uns herüber, so etwas hatten sie auch noch nie gesehen. Ganz schlaue ruhten sich auf dem Heu aus, und ließen sich tragen, sehr zum Ärger vom kleinen Besen.

Nach ein paar weiteren Tagen sahen wir schon unter uns das Dorf Tützpatz liegen. Nun war es nicht mehr weit bis Singastein. Es wurde auch Zeit, dass wir endlich ankamen, denn von Westen her näherte sich ein Unwetter. Ein heftiger Sturm nahte heran, erreichte uns, und wirbelte uns heftig durcheinander. Meine Rucksäcke verrutschten, und der Besen hatte große Mühe mit seiner Last. Wir mussten in Sternfeld notlanden. Dort standen uralte hohle Weiden, in deren Stämmen wir eilig das Gepäck und Heu verstauten, und selbst Schutz vor dem heftigen Unwetter suchten.

Nach ein paar Stunden klarte der Himmel wieder auf, Der Boden war mit Hagelkörnern bedeckt, es war kalt. Inzwischen war es auch zu spät zur Weiterreise geworden, so blieben wir noch eine Nacht in Sternfeld.

Am nächsten Morgen belud ich Marah mit klammen Fingern, aber nun flogen wir nicht mehr. Ich ritt auf meiner Stute durch die mir so vertraute Landschaft. Am Abend kamen wir dann endlich in Singastein an.

Wie freuten sich meine Eltern, Freunde und Nachbarn kamen herbei, um uns zu begrüßen, und meine Eltern organisierten eine große Feier. Zwischen all den Gästen nahm mich mein Vater zur Seite und fragte nach der goldenen Kugel. Nun, ich hatte bereits meine Rucksäcke in der Stube abgestellt, und wir gingen hin, um die Kugel heraus zu nehmen. Mein Vater öffnete den Rucksack, griff nach dem Tuch, in welches die Kugel eingewickelt war. Er nahm den Stoff ab, und ließ die Kugel mit einem kleinen Aufschrei fallen.

Er hatte den Stein ausgewickelt, der Arme, und sich erschreckt. Ich nahm ihn beruhigend in den Arm. „Die goldene Kugel ist im anderen Rucksack, aus Sicherheitsgründen, falls sie wieder jemand stehlen wollte." Mein Vater atmete erleichtert auf, und nahm das Gold wieder an sich, um es diesmal noch besser zu verstecken.

Marah wälzte sich vergnügt im weichen Stroh ihrer Box. Der Besen hatte das restliche Heu in den Stall gebracht, und legte sich schnaufend oben drauf. Er fiel in einen verdienten tiefen Schlaf.

Zu gerne hätte ich meinen Eltern gleich von meinen Abenteuern berichtet, aber ich musste bis zum nächsten Tag damit warten, bis alle Gäste gegangen waren. Die Gäste kannten ja nicht den Grund meiner Reise, für sie hatte ich mir nur den Wind um die Nase wehen lassen und war nun zurückgekehrt.

In den nächsten Tagen berichtete ich meinen Eltern von meinen Abenteuern, beantwortete ihre Fragen. Sie waren sehr stolz auf Marah und mich. Dass ich mein seidenes Tuch verloren hatte, weil Smeujy es verbrannte, fand meine Mutter nicht so sehr schlimm, sie wollte ein neues weben.

Ich war froh, wieder in Singastein zu sein, und suchte alle unsere Tiere auf, ließ mir die Jungen vorstellen, die in der Zwischenzeit auf die Welt gekommen waren. Ich ging zu meiner Lieblingstanne, streichelte über ihre Nadeln. Das fühlte sich immer so schön an. Unsere knorrige uralte Eiche ragte stoisch in die Höhe, sie war so alt, wenn sie erzählen könnte, wüsste sie bestimmt sehr viel zu berichten.

Nachdem ich alles zu Fuß abgegangen war, fühlte ich mich wieder richtig zu Hause angekommen.

49

Marah war sehr ruhig und besonnen geworden. Sie flog nicht mehr herum, sondern lief durch Singastein auf der Suche nach frischem Gras, das jetzt zu sprießen begann. Sie hatte sich mit dem kleinen Besen angefreundet, der sie jetzt überall hin begleitete und sich einen Platz in Marahs Stall ausgesucht hatte, wo er jetzt wohnte.

Oft ging ich an meines Rosses Seite, genoss die Ruhe und die Nähe von Marah, ihren Geruch, streichelte ihr weiches Fell, kämmte ihre Mähne und Schweif, glättete ihre Federn. Sie genoss es sichtlich, und wir waren sehr vertraut miteinander.

Der kleine Besen umflog uns dann übermütig, schoss dicht an uns vorbei, stieg hoch auf, um dann seine atemberaubenden Kunststückchen vorzuführen. Es war ein herrlicher Spaß, ihm dabei zuzusehen.

Immer mehr Vögel waren aus dem Süden angekommen, um in Singastein ihre Brut aufzuziehen. Emsig bauten sie an ihren Nestern und legten ihre Eier hinein. Die Luft war erfüllt von ihrem Zwitschern.

Kleine Zicklein wurden geboren, die bald fröhlich herumtollten, die lustigsten Bocksprünge machten und versuchten, auf alles zu klettern, was zu erklimmen war. Ob es ein Haufen von Feldsteinen war, den meine Eltern zu einem kleinen Berg aufgetürmt hatten, oder der Apfelbaum mit seinen tief hängenden Ästen, sie übten sich im Klettern. Ich musste ihre angeborene Geschicklichkeit bewundern.

Es gab auch kleine Lämmer, die sich dicht an ihre Mütter hielten, und erstaunt in die für sie neue Welt blickten. Unsere Kuh hatte auch ein Kälbchen bekommen, sehr bewundert von der restlichen Herde.

Kleine Ferkel flitzten über den Hof, ihre Mütter suchten unter der alten Eiche nach vergessenen Eicheln vom vergangenen Jahr und schubberten sich an ihr.

Bei den Pferden gab es drei Fohlen. Sie spielten miteinander, machten kleine Bocksprünge, wobei sie übermütig quiekten, und rannten um die Wette. Dann waren sie aber schnell wieder an der Seite ihrer Mütter. Es war ein friedliches Bild, und mein Herz hüpfte vor Freude.

50.

Es war Frühling geworden, die Bäume trugen frisches grünes Laub, die Sonne hatte an Kraft gewonnen, und schickte ihre warmen Strahlen auf die Erde.

Ich saß mit meinen Eltern an unserem Haus unter den Rosen am Frühstückstisch. Eigentlich kam Marah dann zu uns, um sich ein Stück Brot zu holen, doch heute hatte sie sich wohl verspätet.

Nun, ich legte einen Kanten Brot zur Seite, und wollte es ihr dann eben später bringen. Wir blieben noch eine Weile unter den Rosen sitzen, genossen das erwachte Leben um uns herum, bestaunten unsere Tierkinder, wie schnell sie doch gewachsen waren.

Ich nahm das Brot, und ging zu Marahs Unterkunft, die sie ja selbst stets betreten oder verlassen konnte, so wie es ihr gefiel. „Marah", rief ich, „wo bleibst du denn?

Willst du nicht dein Brot haben?" Ich bekam keine Antwort.

Das beunruhigte mich, und ich ging schnell in ihren Stall hinein. Was ich dann sah, überraschte mich wirklich. Wie konnte ich nur so dumm gewesen sein und nichts bemerken? Es fiel mir nun wie Schuppen von den Augen, und mir wurde nun auch der Grund für Marahs Veränderung klar!

Marah hatte ein Fohlen bekommen. Beide lagen im dicken Stroh, das Fohlen an Marahs Seite. Sie leckte es ab und wieherte leise, als sie mich sah. „Schau, Enayrah, dies ist mein kleiner Sohn." Der kleine Mann wandte sein Köpfchen in meine Richtung, und auch er wieherte mit seinem dünnen Babystimmchen.

Ich war überwältigt von dem Anblick. Marah stand auf, und leckte ihren kleinen Sohn trocken, denn er war gerade geboren worden. Ich nahm etwas Stroh zur Hand, und half ihr, den Kleinen abzureiben.

Es dauerte nicht lange, und der Kleine versuchte, aufzustehen. Das gelang ihm mit seinen langen dünnen Beinchen nicht gleich. Mehrere Versuche aber führten dann zum Erfolg, und auf wackeligen Beinchen stand er dann doch breitbeinig da. Erstaunt über seinen Erfolg verharrte Marahs Fohlen eine kleine Weile in der Stellung, bis es dann staksig nach der Milchquelle suchte. Nach mehreren Fehlversuchen fand er die Zitzen und saugte seine erste Milch.

Marah war noch etwas erschöpft, aber glücklich. Stolz betrachtete sie ihren kleinen Sohn. „Marah, du Schlingel, lass mich raten, wer der Vater ist", rief ich glücklich. „Kannst du dir das nicht denken?", fragte sie zurück, und ich erinnerte mich an den schönen

118

schwarzen Hengst von den Hippopegasi, der Marah begleitete, als ich sie doch so verzweifelt suchte. Während ich glaubte, dass ihr ein Unglück zugestoßen war, hatte sie sich verliebt, und der kleine Hengst war das Ergebnis.

Ich schaute mir den Kleinen genauer an. Er war pechschwarz, wie sein Vater, hatte kleine Flügelchen, wie beide seiner Eltern. Ich konnte auch schon sehen, dass er ein Horn bekommen würde, aber es war noch sehr klein, nur ein winziger Hügel auf seiner Stirn.

„Marah, bist du damit einverstanden, dass wir deinen Sohn Rusche nennen?", fragte ich meine Freundin. Marah war damit einverstanden, der Name gefiel auch ihr. Und so kam es, dass wir ein weiteres Familienmitglied hatten. Marah war die Überraschung von ihrem süßen Geheimnis wirklich gelungen, und das freute sie sehr.

51.

Nach ein paar Tagen mischte sich Marah mit ihrem Sohn Rusche unter die Pferde. Sie wurde freundlich begrüßt, und auch die Stuten mit ihren Fohlen hießen den kleinen Mann willkommen.

Rusche war zwar der Jüngste und noch der Kleinste von den Fohlen, doch er wuchs schnell, gedieh prächtig, und hatte bald die anderen Fohlen eingeholt. Nun konnte man schon besser sehen, dass auch er ein geflügeltes Einhorn wurde, wie seine Mutter.

Jetzt hatten die anderen Fohlen einen neuen Spielkameraden, und es war eine Freude, ihrem munteren Treiben zuzusehen. Da wurde gebuckelt, gerannt, gestiegen, dass es eine Freude war. Rusche versuchte auch schon, zu fliegen, aber das gelang ihm noch nicht. Seine Schwingen waren noch zu klein, und trugen ihn noch nicht.

Mitten im Spiel blieben die Fohlen auch stehen, um wie die Großen Gras abzuweiden, doch dazu war ihr Hals noch zu kurz, oder die Beine zu lang. Jedenfalls mussten sie sich breitbeinig hinstellen, um an die Köstlichkeit heran zu kommen.

Es glückte nicht immer, und so tranken sie eben an der Mutterbrust.

Der Sommer ging ins Land, der Herbst nahte, und alle Tierkinder waren schon groß und selbständig geworden. So auch Rusche, der nun auch ernsthafte Flugversuche unternahm. Ermutigt von Marah schaffte er auch schon, vom Boden abzuheben, aber weit kam er noch nicht. Es brauchte eben seine Zeit, und die würde kommen.

Die Jahre gingen ins Land, und Rusche wuchs zu einem schönen stolzen und kräftigem Hengst heran, der von allen bewundert wurde.

52.

Fatme sieht mich an. „Hier habt ihr gesessen, deine Eltern und du, unter diesen Rosen." Ehrfürchtig schaut sie sich um. „Welch Abenteuer du doch erlebt hast. Ich kenne ja nur unsere Geschichte, die wir zusammen erlebt haben", und erinnernd legt sie ihren Kopf in ihre aufgestützte Hand.

„Ja, Fatme, bis dahin ist es noch weit, aber das erzähle ich dir noch, doch nur nicht mehr heute. Ein andermal."

Ich habe mich etwas erschöpft bei all den Erinnerungen, denn sie sind teilweise doch ziemlich kraftraubend und nicht leicht für mich. Sie wieder hervorzuholen, ringt mir doch viel Energie ab.

Ich gehe zurück ins Haus, suche meinen Sessel auf. Ich will für mich allein sein, meinen Gedanken und Erinnerungen nachhängen und falle in meinem Sessel in einen tiefen, erholsamen Schlaf, bewacht von meinen Salukis Cheschmesch, Nadjieb und Aslan, die sich auf einem extra für sie aufgestellten Diwan zur Ruhe begeben.

Die Reise zu den Pruzzen

1.

Ich wache aus meinem Schlaf auf meinem Sessel auf und drehe den Kopf in Richtung Fenster. Mein Hals und meine Schulter schmerzen, das kommt bestimmt von der unbequemen Lage über Nacht.

Vor dem Fenster sitzt meine treue Fatme gebeugt über einer Stickerei. Sie blickt auf, als sie mein Erwachen bemerkt. „Sitzt du schon lange da?", frage ich sie und sie lächelt.

„Du musst wohl geträumt haben, bist fast aus dem Sessel gerutscht." Nun bemerke ich auch eine Decke, die sie mir über die Knie gelegt hat und auch ein Kissen im Rücken, welches gestern noch nicht da gewesen ist.

Jetzt muss ich wirklich lachen, sie hat mich doch glatt wie eine alte Großmutter verpackt. Ich stehe auf, lege die zusammengefaltete Decke auf den Sessel und das Kissen obenauf. Dann recke ich mich erst einmal ausgiebig.

Cheschmesch, Nadjieb und Aslan recken sich auch, dann schütteln sie sich. Das ist ihre Morgentoilette.

Fatme und ich beschließen, nach dem Frühstück einen kleinen Ausritt mit Marah und Rusche zu machen, vielleicht auch einen kleinen Rundflug.

Sie strahlt mich an, hält es für eine wunderbare Idee, und so machen wir es auch. Eine Stunde später sitzen wir auf unseren einhörnigen Hippopegasi und genießen die herrliche Landschaft um uns herum. Lauter alte Mischwälder, blühende Wiesen, kleine Bäche. Marah und Rusche zupfen im Vorbeigehen an langen

Grasstengeln, rupfen hier und da eine Maul voll Gras ab und marschieren kauend weiter.

„Eigentlich kannst du doch jetzt auch weitererzählen, was meinst du?" Erwartungsvoll schaut Fatme in mein Gesicht. Ja, das könnte ich tatsächlich, und so beginne ich dort, wo ich am Abend zuvor aufgehört habe.

2.

Rusche war inzwischen drei Jahre alt geworden und zu einem prächtigen, schwarz glänzenden Hengst herangewachsen. Seine Flügel schillerten blauschwarz, manchmal schien sich auch das grüne Gras und der blaue Himmel mit seinen weißen Wolken in ihnen widerzuspiegeln. Auch sein gedrechselt aussehendes Einhorn auf der Stirn wirkte beeindruckend. Marah, seine Mutter, war sehr stolz auf ihn.

Wir lebten glücklich und zufrieden in Singastein, weil es der perfekteste Ort auf der Welt war. Wir hatten manchmal zu unserer Überraschung etwas viel Regen und auch Wind, aber so ist die Natur eben, man muss sie nehmen, wie sie daherkommt.

Rusche hatte ich inzwischen eingeritten und wir drehten auch so manche Runden über den Wolken, es war ein herrliches Gefühl. Marah begleitete uns dann und gab ihrem Sohn gute Ratschläge.

Es wurde etwas windiger, aber wir schenkten dem keine Beachtung. Übermütig übte Rusche neue Flugmanöver, die Marah ihm vorführte, und er lernte schnell. In unserer Begeisterung bemerkten wir nicht die schwarze Wand, die sich vor uns auftat, und unversehens befanden wir uns in einem schrecklichen Unwetter. Dicke Hagelkörner prasselten schmerzhaft auf uns nieder, Blitze zuckten um uns herum.

Es war, als hätte sich die Hölle um uns herum aufgetan. Der Hageleinschlag in die Flügel war bedrohlich, denn das Gefieder der Rösser litt darunter sehr, und es wurde fast unmöglich, irgendeine Richtung heraus aus dem Unwetter einzuschlagen. Wir wurden heftig durchgeschüttelt und verloren die Orientierung.

Ich kann mich nicht mehr erinnern, wie lange wir diesen Naturgewalten ausgesetzt waren, es erschien mir ewig lang. Die Federn in den Flügeln meiner Freunde waren zum Teil gebrochen, und wir verloren an Höhe, trudelten in Richtung Erde.

Wie sollten wir nur den kommenden harten Sturz abfangen, schoss es mir panisch durch den Kopf. Um uns herum nur Dunkelheit und Hagelkörner, die uns kaum die Möglichkeit ließen, die Augen einen Spalt weit zu öffnen.

Da, ein klatschendes Geräusch, und ein mächtiger Wasserschwall traf Rusche und mich. Schon klatschte es wieder und eine große Welle schloss sich über unseren Köpfen. Ich wurde von Rusches Rücken heruntergerissen und ging unter.

Wir waren in ein Gewässer abgestürzt, befanden uns unter Wasser und wussten zunächst nicht, wo oben und unten war, bis wir endlich auftauchen konnten. Marah war kurz vorher neben uns ins Wasser gefallen, und ich sah nur schemenhaft ihren Kopf, und wie sie sich immer wieder herum drehte. Auch Rusche und ich versuchten uns zu orientieren. Doch weit und breit war kein Ufer zu sehen. Ob es an den immer noch auf uns niederprasselnden Hagelkörnern lag, oder weil wir in ein Meer gestürzt waren, konnten wir nicht herausfinden.

Ich muss gestehen, dass ich noch nie so viel Angst gehabt hatte, wie jetzt. „Wir müssen zusammen bleiben!", rief ich meinen Rössern zu, und mit paddelnden Schwimmbewegungen kamen Marah und Rusche auf mich zu.

Jedes Zeitgefühl ging uns verloren und uns wurde im Wasser kälter und kälter.

Wir versuchten, uns gegenseitig Mut zu machen. Aber Rusche ging immer wieder unter, tauchte auf, schüttelte seinen Kopf. Er hatte Wasser in seine Ohren bekommen. Das ist für Pferde sehr schlimm, weil sie dann keine richtige Orientierung mehr haben. Mit jedem Absacken floss erneut Wasser in seine Ohren und er kämpfte verbissen um sein Leben. Jedoch ließen bald seine Kräfte nach.

„Marah", rief ich verzweifelt meiner Stute zu „wir müssen Rusche helfen, er ertrinkt!" Marah paddelte herbei und legte ihr Einhorn unter Rusches Kehle. Ich hielt sein Maul mit einer Hand über den Wasserspiegel, damit er kein Wasser schluckt, was gar nicht leicht war, und versuchte mit der anderen Hand mich selbst schwimmend über Wasser zu halten. Dennoch schluckte ich auch Wasser, es schmeckte salzig. Nun wurde mir klar, dass wir in ein Meer gestürzt waren.

3

Wir versuchten, uns auf den Wellen tragen zu lassen, um möglichst wenig Energie zu verbrauchen. Rusche schüttelte noch mehrmals seinen Kopf, um das Wasser aus seinen Ohren heraus zu schleudern. Bald konnte er sich auch wieder selbst über Wasser halten, darüber war Marah sehr erleichtert, denn sie war zusehends erschöpfter.

Der Hagel hatte nachgelassen, und es wurde wieder hell. Am Horizont sah ich bereits die Sonne sinken. Wir mussten schon fast 2 Stunden im Wasser treiben. Unsere Gedanken und Hoffnungen kreisten nur um einen Gedanken - überleben!

Die Wellen nahmen wieder zu, und wir schaukelten auf ihnen hoch und runter. Sie wuchsen an und wurden immer höher. Auf ihren Kronen bildete sich weiße Gischt. Wie Spielzeug wurden wir hin und her geworfen.

Neugierige Seehunde beobachteten uns, sie tauchten durch die Wellen hindurch, um sich wieder auf der Wellentalseite nach uns umzusehen. Sie hielten das wohl für einen Spaß, nur uns war danach überhaupt nicht zu Mute. Wir waren verzweifelt!

Plötzlich verdunkelte sich der Himmel wieder, ein Schwarm Vögel nahte. Einige ließen sich auf den Hörnern von Marah und Rusche nieder, es waren Krähen und Elstern! Listig beobachteten sie uns und ihre Augen funkelten wie glänzendes Glas. Was haben diese Landvögel auf dem Wasser zu suchen?

Ein eisiger Schreck fuhr durch meine Glieder. Das sind die Djinnyjah! Drei Jahre hatten wir in Singastein Ruhe vor den verschlagenen Erfüllungsgehilfen dieser bösen Zauberer, jetzt tauchen sie plötzlich wieder auf. Nun wurde mir blitzartig klar, dass sie hinter unserer schrecklichen Situation stecken mussten!

Aus dem Nichts heraus tauchte plötzlich ein riesiges, mit Seetang umgebenes Haupt aus den Fluten auf, glotzte uns mit wasserhellen Augen an, grinste in seinen Bart aus Seetang hinein und griff nach uns mit seinen riesigen Pranken. Ich erinnere mich noch, dass seine Fingernägel wie große Muscheln aussahen, bevor er zupackte, dann verlor ich das Bewusstsein.

4.

Was bedeuten Raum und Zeit? Was ist der Tod? Wie sieht der Tod aus? Langsam öffnete ich meine Augenlider. Alles war bunt, hell fast grell und friedlich. Eine unerklärliche Ruhe überkam mich, und ich ließ meine Gedanken fallen, fühlte, wie mein Körper frei und schwerelos war. Dann schloss ich erneut meine Augen, wohl zu einem unendlichen Schlaf.

Mein Zeitgefühl war ausgelöscht. Darum kann ich mich nicht mehr erinnern, wann ich eine leise Berührung an meinem Arm verspürte. Es war angenehm, zärtlich, und ich gab mich meinen Empfindungen zwischen den Welten des Bewussten und Unterbewussten hin.

„Enayrah", mein Name drang wie durch Watte an mein Ohr, gedämpft und aus der Ferne, unwirklich. „Enayrah, wach auf." Jetzt war der Ruf etwas näher. Erneut streichelte jemand meinen Arm „Wach auf, Enayrah, du bist in Sicherheit."

Mühsam öffnete ich meine Augen. Aber ich konnte nichts sehen, nur gleißendes Licht. Ich schloss meine Augen erneut zu kleinen Sehschlitzen, um mich so besser an das helle Licht zu gewöhnen. Nach einer Weile verschwanden die grellen Irrlichter, und ich konnte schemenhafte Umrisse erkennen, die sich ganz langsam bewegten.

Es waren die Umrisse meiner Rösser, von Marah und Rusche, wie mir schien. Ich wollte mich aufrichten, um mir Gewissheit zu verschaffen, doch jemand drückte mich an meinem Arm herunter auf meine Lagerstätte.

„Enayrah, bleib ruhig liegen, deine Rösser sind auch gerettet und in Sicherheit." Langsam wandte ich meinen noch unsicheren Blick zu der Sprecherin, die meinen Arm hielt. Eine wunderschöne, über und über mit Blumen geschmückte Dame saß an meiner Seite.

„Oh, ich habe mich noch nicht vorgestellt. Ich heiße Melletele." Sie lächelte. „Du bist in meinem Reich."

„Was ist dein Reich, und wo ist es? Wo bin ich?"

Melletele ließ sich mit ihrer Antwort Zeit, dann sagte sie: „Mein Reich ist überall und hier, du bist bei mir." Na, mit dieser Antwort konnte ich gar nichts anfangen, und ich nahm mir vor, misstrauisch zu sein. Also täuschte ich Erschöpfung vor, um mit meinen Gedanken allein zu sein. Ich musste darüber in Ruhe nachdenken, und einen Fluchtplan entwickeln. Die Erkenntnis, dass die Djinnyjah wieder aufgetaucht waren, war zu schrecklich. Und woher sollte ich wissen, ob Melletele nicht auch in ihren Diensten stand.

5

Ich stellte mich schlafend, aber meine Gedanken kreisten nur um Flucht. Dann sah ich dieses schreckliche Meeresungeheuer vor meinem geistigen Auge wieder, und fragte mich, welche Rolle es gespielt haben könnte. Hat es uns gerettet? Warum und wozu? Was steckte dahinter?

Ich muss zur Ruhe kommen, in Ruhe überlegen, befahl ich mir selbst. Ich atmete tief durch, mehrmals, und als ich mich unter Kontrolle hatte, öffnete ich ganz leicht meine Augenlider, so dass ich gerade durch meine Wimpern hindurch sehen konnte.

Ich erblickte mächtige Rosenstöcke, ja, fast so groß wie Bäume. Sie bildeten einen hohen Baldachin über meinem Lager und sendeten einen betörenden Duft aus. Es sah wunderschön aus, aber was wäre, wenn mir das schöne Bild nur vorgegaukelt würde? Wenn der herrliche Duft meine Sinne betäuben sollte? Ich machte mich auf allerlei Unwegsamkeiten gefasst.

Marah! Rusche! Ich musste wissen, wie es ihnen ging. Nachdem ich mich mit einem Minimum an Bewegung orientiert hatte, und feststellte, dass Melletele nicht da war, richtete ich mich auf. Ich blickte mich um. Blühende Rosen bildeten eine dichte Hecke, durch die ich nicht hindurchsehen konnte. Also musste ich mich von meinem Lager erheben.

Vorsichtig drückte ich den Rosenstrauch an einer Öffnung zur Seite, hielt mich aber halb dahinter verborgen, und schaute auf eine weite leicht hügelige Graslandschaft, unterbrochen von alten Mischwäldern. Viele bunte Blumen standen zwischen den Gräsern, roter und weißer Klee, gelber Hahnentritt, Löwenzahn, Ackerwinde, Beinwell, Kuckucksblumen, Kamille und Goldrute, um nur einige zu nennen. Unter anderen Umständen hätte ich mich an der Schönheit dieser Landschaft erfreuen können, aber nicht in dieser Situation.

Hinter einer Baumgruppe bewegte sich etwas, und ich schaute genauer hin, zog mich aber vorsichtshalber noch ein wenig weiter hinter der Rosenhecke zurück. Das Etwas bewegte sich langsam auf die freie Fläche hin, und dann sah ich sie. Marah und Rusche, beide grasten sie und schlugen sich ihre Bäuche voll!

Ich ließ die Rosen los. Freudig trat ich hervor, um meine Rösser auf mich aufmerksam zu machen, als sich Hände auf meine Schultern legten, und mich zurück hielten.

Es war Melletele!

6.

Ich erstarrte, fasste mich aber wieder schnell. Langsam drehte ich mich um, und da standen wir, Melletele und ich, Auge in Auge. Wir musterten uns schweigend, bis Melletele plötzlich lächelte, und mir spielerisch mit dem Zeigefinger drohte. „Enayrah, du bist noch schwach, du musst dich erst noch erholen. Du wärst beinahe ertrunken!", ermahnte sie mich.

Sie war so schön und liebenswürdig, dass meine Befürchtungen eines Hinterhalts im Nu verschwanden. Sie nahm mich bei der Hand, führte mich zu meinem

Lager zurück, und wir setzten uns beide. Dann lachte sie plötzlich. „Du siehst wirklich komisch aus, Enayrah, wie du so ratlos dreinschaust."

„Wundert dich das?", fragte ich sie. „Ich weiß nicht, wie ich hierhergekommen bin, wo ich bin und wer du bist."

„Nun, dass ich Melletele heiße, weiß du immerhin." „Aber woher kennst du meinen Namen?", wunderte ich mich. „Bangputtys hat es mir erzählt." „Bangputtys? Wer ist das?" Es wurde immer mysteriöser. Ich konnte mir nun gar keinen Reim mehr machen. Offensichtlich machte es Melletele Spaß, mich an der Nase herumzuführen.

„Bangputtys hat es von den Krähen und Elstern erfahren, die euch bedrängten. Sie sind die Komplizen der Djinnyjah, einer verruchten Zaubererdynastie." „Ja, die Djinnyjah kenne ich zur Genüge, habe mit ihnen schon mehrmals zu tun gehabt, sie sind verschlagen und machthungrig. Doch wer ist Bangputtys?"

Melletele lächelte in sich hinein „Bangputtys ist mein unglücklicher Verehrer, er ist unser Wellengott." Noch immer begriff ich nicht ganz. „Er ist der Cousin von Poseidon und Neptun."

Jetzt verstand ich, er war das Meeresungeheuer! Er, der so schaurig aussah, war in Wirklichkeit unser Retter! In Gedanken leistete ich ihm Abbitte, weil ich ihn so garstig fand.

„Und warum ist er dein unglücklicher Verehrer?" wollte ich wissen. „Liegt das nicht auf der Hand? Er lebt im Wasser, und ich kann nur auf dem Lande leben. Somit bleibt seine Liebe für immer unerfüllt. Auch glaube ich, dass er mich in seinem Liebeskummer verwechselt. Aber er macht mir stets Geschenke. Nach jedem Sturm sendet er mir unzählige Kostbarkeiten, das Gold der Ostsee, Bernstein." Melletele drehte zierlich an ihrem Armband aus Bernstein herum, und betrachtete es zufrieden. „Und dieses Mal hat er uns zu dir gebracht." Melletele blickte von ihrem Armband auf. „Ja, so könnte man es nennen."

Jetzt wurde mir alles klarer. „Aber wer bist du? Was ist deine Aufgabe?" Melletele zeigte auf die Rosen, dann nahm sie mich zu der Öffnung und wies mit ausladendem Arm in die Landschaft. „Ich bin für die Gärten und Auen zuständig. Ich hege und pflege sie, damit alles blüht und gedeiht."

Das war allerdings eine Wende zum Positiven hin. Erleichtert ließ ich mich wieder von Melletele zu meinem Lager geleiten, und fiel in einen langen und erholsamen Schlaf.

7.

Als ich erwachte, fühlte ich mich wieder wie neu geboren. Ich reckte und streckte mich genüsslich und entdeckte einen kleinen Tisch mit herrlichen Früchten und anderen Köstlichkeiten. Dazu gab es Milch gewürzt mit Honig.

Mit Genuss verzehrte ich das Dargebotene, als Melletele hinzutrat. „Du musst nach Hause, nach Singastein, Enayrah. Da ist etwas passiert." Besorgt schaute mich meine neue Freundin an. Erschrocken sah ich auf. „Weißt du denn, was?", fragte ich besorgt. „Nein, aber

Okopirn hat die Nachricht hierher geweht." „Wer ist Okopirn?" Den Namen hatte ich noch nie gehört.

„Okopirn ist für den Wind zuständig, er treibt ihn voran, und manchmal schickt er auch Botschaften mit." Besorgt trieb mich Melletele zur Eile an, aber das musste sie nicht. Ich wollte selbst sofort aufbrechen.

Stürmisch verließ ich meinen Rosensaal und rannte auf die bunte duftende Blumenwiese. Dort rief ich laut nach meinen beiden Rössern, die mir mit lautem Wiehern antworteten. Im schnellen Galopp kamen die beiden zu mir, und ich erklärte ihnen mit knappen Worten, was passiert ist. Dieses Mal saß ich auf Marah auf, die in brenzligen Situationen mehr Routine als Rusche hatte. Melletele eilte noch rasch hinzu, eine Rose in der Hand, die sie noch schnell abgepflückt hatte. „Hier, Enayrah, nimm sie schnell noch mit, die Rose wird dich zwölf Stunden lang vor den Djinnyjah schützen! Und flieg nach Westen."

Ich dankte Melletele herzlich. Dann nahmen Marah und Rusche zwanzig Galoppsprünge Anlauf und erhoben sich in die Lüfte, um nach Westen zu fliegen.

Wir waren erst kurze Zeit unterwegs, als wir unliebsame Begleitung erhielten. Erst waren es nur eine Krähe und eine Elster, dann wurden es mehr und mehr, bis bald der Himmel von ihnen schwarz wurde.

Sie schauten immer zu uns herüber, kamen aber nicht näher. Melleteles Rose hielt sie fern, und ich konnte ihr gar nicht genug danken.

Aber sie spionierten unsere Route aus, und würden alles den Djinnyjah melden, was sie sahen. Doch das kümmerte mich im Moment nicht. Viel mehr Sorgen bereitete mir, was ich in Singastein vorfinden würde.

8.

Wir waren kurz vor Singastein, als die Spione der Djinnyjah abdrehten. So offiziell trauten sie sich nicht zu uns. Bestimmt flogen sie nun nach Söhldehain, zu ihren verruchten Herren, um Bericht zu erstatten.

Aus der Luft betrachtet konnte ich zum Glück nichts Ungewöhnliches in Singastein erkennen, und wir setzten zur Landung an.

Kaum hatten wir festen Boden unter den Füssen, kamen schon meine Eltern aufgeregt angelaufen. „Die Goldkugel!" rief mein Vater aufgeregt. „Ist sie schon wieder gestohlen?", fragte ich, denn bereits vor drei Jahren hatten die Djinnyjah sie geraubt, und ich musste sie unter etlichen Gefahren zurückholen. Gerät die Kugel in falsche Hände, kann ihr unrechtmäßiger Besitz Ernten vernichten, Hungersnöte auslösen, aus Regen Überschwemmungen machen, aus Wind Sturm.

„Nein", antwortete mein Vater, „die Kugel ist noch da, aber die Edelsteine sind daraus entfernt worden, somit ist die Kugel wirkungslos." „Wäre das jetzt sehr schlimm?", fragte ich. „Das eigentlich nicht, aber wenn die Edelsteine in falsche Hände geraten, kehrt auch ihr Zauber sich um, und böse Mächte können Zwietracht unter allen Menschen säen. Viele Kriege wären dann die Folge. Ohne die Goldkugel aber lässt der Zauber nach hundert Jahren nach. Darum brauchen wir Ersatz, um den alten Zauber zu besiegen."

Das durfte natürlich nicht geschehen, und ich stellte mich wieder auf eine große Reise ein auf der Suche nach Ersatz für die Edelsteine. Es waren ein wunderschöner Bernstein aus dem Land der Pruzzen, ein Rubin aus Indien und ein Diamant aus Afrika.

„Wie konnten denn die Djinnyjah überhaupt die Edelsteine stehlen?", fragte ich meinen Vater. „Du hattest doch die Goldkugel gut versteckt."

„Ja, das hatte ich, wenigstens habe ich das geglaubt." Mutter versuchte, ihre Tränen zurückzuhalten und schluchzte: „Wir hatten es erst bemerkt, als es zu spät war."

Das war wirklich schlimm, und mir wurde klar, dass ich mich wieder auf die Reise begeben musste. Doch wohin sollte ich mich wenden? Wir setzten uns erst einmal bei einer Tasse Tee und Keksen zusammen und beratschlagten, was zu tun sei.

9.

Um Zeit zum Nachdenken zu gewinnen, packte ich erst einmal meine bewährten beiden Rucksäcke mit dem Wünschebecher, dem Laib Brot, dem Käse, der Wurst und der Flasche Wein, die sich stets erneuern, sodass ich nie würde Hunger leiden müssen, sowie das neue gewebte Tuch von meiner Mutter, welches unsichtbar macht.

Auch Marah und Rusche setzte ich natürlich in Kenntnis von meinem Vorhaben. Sie hatten sich bei Melletele gut erholt, und waren bereit für ein neues Abenteuer.

Nun kam mir der Zufall zu Hilfe. Ein Zaunkönig hörte meine Rede an meine Rösser, und weil ich die Sprachen der Tiere beherrsche, verstand er mich auch und wusste zu berichten, dass das Rotkehlchen etwas aufgeschnappt hatte. Ich suchte und rief also nach dem Rotkehlchen, und trug ihm mein Anliegen vor. Es antwortete, dass die Spatzen etwas gesehen hatten, was sie von den Bäumen und Dächern pfiffen. Also rief ich nach den Spatzen. Es kam auch gleich ein großer Schwarm angeflogen, und als ich ihnen meine Frage stellte, zwitscherten sie alle durcheinander, sodass ich nicht einmal mehr mein eigenes Wort verstand. Dann stoben sie wieder in einer Wolke davon.

Es nützte nichts, ich musste einen einzelnen Spatz treffen und befragen, sonst würde ich gar nichts erfahren. Also blickte ich mich um und sah, wie sich ein kleiner vorwitziger Vogel über unsere Kekse her machte, es war ein Spatz! Als ich herankam, flog er auf, aber ich versprach ihm einen ganzen Keks, wenn er mir berichten könnte, was er wusste. Dann trug ich ihm mein Anliegen vor.

„Die Djinnyjah haben ein neues Heer aufgestellt, ein Heer aus kleinen Ohrenkneifern, den Dermatopterien. Sie kamen nachts zu Hunderten, lösten die Edelsteine aus den Fassungen heraus und nahmen sie mit. Sie sind in Richtung Westen nach Söhldehain aufgebrochen." „Da, nimm alle Kekse, mein kleiner Freund, du hast mir sehr geholfen", ich reichte ihm die restlichen Kekse, was die anderen Spatzen aus der Ferne beobachtet hatten, und schon kamen sie ihrem Kumpan tragen helfen.

Meine Eltern und ich besprachen die neue Situation, es war nicht möglich, die Edelsteine zurück zu bekommen, die Djinnyjah würden sie niemals freiwillig hergeben, also mussten wir Ersatz beschaffen.

Am nächsten Morgen brachen meine Rösser und ich auf. Rusche trug meine beiden Rucksäcke, und ich saß auf Marahs Rücken. Gerade wollten wir starten, als hinter uns jemand mit einem dünnen Stimmchen forderte, auch mit zu dürfen. Es war der kleine Zauberbesen, der lange keine Runde mehr gedreht hatte und gerne wieder in die Lüfte steigen wollte.

Ja, er hatte tatsächlich schon Staub angesetzt, und wer weiß, wozu er uns nützlich sein konnte. Also winkte ich ihn lachend herbei und forderte ihn auf, uns zu begleiten. Vor lauter Freude flog er ein Looping, und wir vier setzten uns in Bewegung.

10.

Es ist bereits Abend. Fatme und ich fliegen immer noch über Singastein und weit darüber hinaus. Wir haben nicht gemerkt, wie schnell die Zeit vergeht. Marah und Rusche haben auch schon Hunger, und so beschließen wir, nach Hause zurück zu kehren.

Wir sitzen ab, und geben den beiden Rössern jedem eine große Schüssel voll Hafer, den haben sie sich redlich verdient. Nadjieb, Cheschmesch und Aslan begrüßen uns überschwänglich. Anschließend gehen wir ins Haus zurück, wo wir uns erst einmal gemütlich ausstrecken. „Magst du denn noch weiter erzählen?", fragt mich Fatme. „Nein", sage ich. „Ich habe, glaube ich, bereits Fransen am Mund. Morgen gerne." Dann erhebe ich mich, um in die Küche zu gehen, eigentlich ist das Fatmes Revier. Ich bereite uns einen Tee und nehme von dem Kuchen zwei Stücke, den Fatme gestern gebacken hat.

Diese Nacht verbringe ich nun bequem in meinem Bett, nicht auf dem Sessel. Am nächsten Morgen fühle ich mich wie neu geboren. Fatme sitzt bereits gemütlich am Frühstückstisch, sie hat alles Obst aufgefahren, das wir in Singastein haben. Auch habe ich heute Milch mit Honig und keinen Tee. Melletele muss sie inspiriert haben.

11.

Wir stiegen hoch, dem Sonnenaufgang entgegen, ich winkte noch einmal meinen Eltern zu, die auf dem Boden immer kleiner wurden, und auch uns nachwinkten.

Unter uns konnte ich zur rechten Hand die herrliche hügelige Landschaft bewundern, die abwechselnd große Mischwälder und auch viele Auwiesen an Flüssen und Bächen bot, zur Linken zog sich ein graues Meer hin.

Wir überflogen die Insel Zingst, und ich erkannte Melleteles Heimat. Ich erblickte auch den Rosengarten, wo ich mich von unserem Sturz ins Wasser erholt hatte. Ganz klein sah er von oben aus, hinein geschmiegt in die Landschaft. „Wollen wir bei Melletele einen kleinen Stopp einlegen?" Marah und Rusche waren begeistert, denn sie dachten sogleich an die herrliche Weide. Nur der kleine Zauberbesen wäre gerne weiter geflogen, doch er musste sich der Mehrheit fügen.

Wir landeten, und Melletele hatte uns bereits erwartet. Wir begrüßten uns wie zwei alte Freundinnen. Dann setzten wir uns unter das Rosendach.

Ich berichtete ihr, was in Singastein geschehen war, erklärte ihr auch die Bedeutung der Steine, und sie lauschte aufmerksam meinen Worten. „Ich kenne die Dermatopterien", sagte Melletele. „Sie werden von den Djinnyjah als kleine Armee gehalten. Sie erhalten Befehle, die sie ausführen, sonst bekommen sie nichts zu fressen. Sie sind sehr dumm, und denken nur an Futter. Das wundert mich gar nicht, dass sie die Edelsteine geholt haben, aber sie haben sie nicht mehr."

„Wer hat sie dann? Und wohin werden sie gebracht?" Ich hoffte, sie könnte mir hier eine Auskunft geben.

„Ich kann es dir leider nicht sagen, aber ich weiß, dass die Djinnyjah ihre kleine Armee von Dermatoperien auch mal ausleihen, wenn sie sich einen Vorteil davon versprechen. Das bedeutet, dass nicht unbedingt die Djinnyjah die Steine geraubt haben."

„Doch wer sonst soll Interesse an ihnen haben?" Ich wunderte mich nun wirklich. „Diese Frage kann ich dir leider nicht beantworten, aber wenn Ihr nach Romowe reist, werdet ihr dort eine Antwort finden. Es ist doch ein Bernstein, den ihr sucht." „Ja, auch, aber wir suchen auch nach einem Rubin und einem Diamanten", erwiderte ich. „Nun gut", meinte Melletele, „irgendwo müsst ihr ja anfangen, und in Romowe werden alle Bernsteine gesammelt, bevor sie ihrer endgültigen Bestimmung übergeben werden. So war auch euer Bernstein dort, bevor er deinem Vorfahr anvertraut wurde."

„Doch wo liegt Romowe?", fragte ich Melletele. Sie entgegnete: „Im Land der Pruzzen, welches zwischen den Flüssen Memel und Weichsel liegt. Dort musst du dich durchfragen."

Gern hätte ich noch mehr erfahren, aber Melletele brach an dieser Stelle ab. „Du weißt es vielleicht nicht, aber ich gehöre zu den Göttern der Pruzzen, wie auch Bangputtys und Okopirn. Wir sind unseren Chefs verpflichtet, und dürfen keine Geheimnisse verraten."

„Sag mir wenigstens, wer deine Chefs sind", bat ich, und Melletele flüsterte andächtig: „Perkunos, Patrimpe und Pekellos." Mit diesen Worten drehte sie sich um, und ließ mich zurück.

12.

Diese neue Information musste ich erst einmal auf mich wirken lassen. Nachdenklich schlenderte ich zu meinen Rössern, die es sich im saftigen Gras gut gehen ließen. Der kleine Zauberbesen umflog sie ausgelassen und klatschte mit seinem Reisig nach den unvermeidlichen und lästigen Fliegen.

„Wir müssen weiter", teilte ich meinen drei Begleitern mit. Marah und Rusche waren davon nicht so sehr begeistert, aber der kleine Besen piepste seine Freude heraus und vollführte übermütig lauter akrobatische Flugmanöver.

Ich saß auf, und nach zwanzig Galoppsprüngen breiteten meine geflügelten Rösser ihre Schwingen aus

141

und hoben ab. Der kleine Besen sauste munter zwischen uns hin und her. Weiter ging es an der Küste entlang in Richtung Osten.

Wir sind viele Stunden geflogen, und als es Abend wurde, landeten wir. Ich nahm Rusche meine Rucksäcke ab, und er wälzte sich genüsslich im Gras. Das sah Marah, und tat es ihm nach. Beide schüttelten sich und begannen zu grasen.

Ich hatte mir derweil einen geschützten Platz unter einer alten Eiche zur Nacht gewählt und schlug mein Lager auf.

Ich machte es mir mit meinem Wein, dem Brot, Käse und Wurst gemütlich, und schaute meinen zufriedenen geflügelten Einhörnern zu, wie sie grasten. Ihre Schweife schlugen hin und her, um die Fliegen zu vertreiben. Dabei wurde der kleine Zauberbesen von einem Schweif getroffen, und trudelte aus seiner Bahn geworfen etwas herum. „He, könnt ihr nicht besser aufpassen?", rief er den Rössern zu. Die aber achteten gar nicht auf ihn, worüber er sich ziemlich ärgerte, denn die Fliegen zu vertreiben erklärte er doch zu seiner Angelegenheit.

Ich musste herzlich über dieses Bild lachen, es war doch zu komisch.

Beleidigt kam der kleine Besen zu mir angeflogen, und ich nahm ihn in meinen Arm, wo er sich dann doch mit der ihm zuteil gewordenen Ungerechtigkeit aussöhnte.

Es wurde Nacht, und ich legte mich nieder, sah noch ein wenig zum Mond empor, es war kurz vor Vollmond. Ich konnte bei dem Licht noch gut Marah und Rusche in meiner Nähe erkennen, wie sie immer noch grasten.

Der Mond wanderte weiter auf seiner Bahn, und schien nun durch die Zweige der alten Eiche.

Kletterte da nicht etwas von einem Ast zu einem anderen? Ich war mir nicht sicher, ob ich mich nicht getäuscht hätte. Nein, wohl doch nicht, ich muss mich geirrt haben. Dennoch suchte ich die Eichenkrone mit meinen Augen ab, bis ich dann doch in einen tiefen Schlaf fiel.

13.

Am nächsten frühen Morgen wachte ich auf, meine Rösser lagen neben mir unter der alten Eiche und dösten.

Es drängte mich, weiter zu reisen, und so gab ich den beiden einen freundschaftlichen Klaps auf ihre Kruppen, und wir bereiteten uns auf die Weiterreise vor.

Ich packte meine Sachen zusammen, verstaute sie wieder in den Rucksäcken und band sie auf Rusches Rücken. Dann saß ich auf Marah auf. Doch wo war der kleine Zauberbesen? Eigentlich müsste er doch schon munter sein, und zwischen uns herum sausen. Ich drehte mich nach meinem Schlafplatz um, und da war er. Er lehnte an der Eiche und war immer noch beleidigt. „Komm, kleiner Besen, wir wollen weiter!", rief ich ihm aufmunternd zu. Doch nun drehte er sich erst recht weg. „Komm schon, kleiner Schatz!", rief ich ihm zu. „Wir brauchen dich doch, ohne dich sind wir doch hilflos." Das saß! Das wollte er nur hören. Mit einem Swuuusch eilte er herbei und war wieder glücklich.

Nun setzten wir wieder unsere Reise fort, immer an der Küste entlang, bis wir zu einer langen Halbinsel kamen, die Hela hieß.

Hier landeten wir. Das Reich der Pruzzen war sicher nicht mehr weit. Ich blickte mich um, sah über das graue Meer hinweg, bewunderte den weißen Strand mit den Büscheln von Strandgras, welches sich mühte, den Sand bei Sturm festzuhalten. Hin und wieder waren Krüppelkiefern zu sehen. Der Himmel war auch grau, aber die Sonne schien mit all ihrer Kraft, die sie hier hatte. Möwen glitzerten weiß gegen das Grau des Himmels, als wollten sie ihm Glanz verleihen.

Wellen umspielten kräuselnd das Ufer, das Meer rauschte leise, als plötzlich das Rauschen immer mehr zunahm. Dann zog sich das Wasser leicht zurück, und ein mächtiger grüner Schädel mit Bart und Haaren aus Seetang stieg aus den Wellen empor! Dann sah ich den Oberkörper dieses Wesens, welches gemächlich aufstand. Mir war sofort klar, das war Bangputtys!

14.

Ich muss wohl ziemlich überrascht ausgesehen haben, starrte auf den mächtigen und unheimlichen Wellengott, dem ich ja das Leben meiner Hippopegasi und meines zu verdanken hatte, als hinter mir ein Geschrei anhub.

„Ein Ungeheuer! Vorsicht! Es frisst uns alle auf! Rette sich, wer kann!" Der kleine Besen war der Urheber von diesem Geschrei. Er kannte ja Bangputtys nicht, und wusste nichts von unserer Rettung durch ihn.

Ich machte eine beschwichtigende Handbewegung in seine Richtung, und ging gleichzeitig drei Schritte auf Bangputtys zu. „Bangputtys, ich möchte dir danken, du hast uns das Leben gerettet!" Der Wellengott verzog sein mit Seepocken übersätes Gesicht zu einem Lächeln.

Damit hatte der kleine Zauberbesen nicht gerechnet, und verdutzt war er still, welch eine Ruhe nach seinem Geschrei. „Ich möchte dafür von euch auch einen Gefallen erwiesen haben", erklärte Bangputtys. „Ich möchte, dass ihr bei Melletele ein gutes Wort für mich einlegt."

Das war es also. Er hatte uns gerettet, damit er einen Grund hatte, seine Angebetete zu sehen. Begriff er denn nicht, dass Melletele nicht in einem Meer leben kann? Ebenso wenig kann er bei ihr auf dem Lande leben.

Das war eine Zwickmühle. Ich konnte ihm doch nicht versprechen, dass sein Wunsch in Erfüllung gehen würde. Ich wollte und konnte ihm nicht alle Hoffnung nehmen, aber gleichzeitig mochte ich ihm auch keine Zusage machen, die ich nicht halten konnte. „Bangputtys, ich weiß dass du Melletele verehrst, gib mir Zeit, damit ich über euch nachdenken kann." Bankputtys seufzte. „Ich liebe ihre Schönheit, die sie um sich verbreitet, all die herrlichen Blumen, die Farben, ihren Liebreiz. Ich fühle mich traurig und auch manchmal wütend. Wenn ich traurig bin, lasse ich das Meer glatt wie einen Spiegel sein, vielleicht schaut sie sich dann ihr Spiegelbild an, und ich kann sie bewundern. Wenn ich aber wütend bin, schlage ich die Wellen um mich, bis sie sich hoch auftürmen. Aber das alles hat mir nicht geholfen, ihr Herz zu erobern."

Ich gebe zu, dass mich seine Rede sehr berührt hatte. Mit hängenden Schultern drehte sich Bangputtys um, um mit gesenktem Kopf wieder in den Wellen zu verschwinden. „Bangputtys, warte! Geh noch nicht fort. Ich habe da eine Idee, aber erst muss ich einen wichtigen Auftrag erledigen", rief ich meinem Retter nach. Bangputtys blieb stehen, und drehte sich zu mir um. In seinem traurigen Blick funkte ein wenig Hoffnung auf.

„Ich kann dir nichts versprechen, wirklich nicht, aber ich glaube, ich werde eine Lösung für euch finden, lass mir etwas Zeit, bis ich meinen Auftrag erledigt habe."

„Du willst nach Romowe, ich weiß." „Woher weißt du das?", fragte ich verblüfft. „Vergiss nicht, Enayrah, ich bin ein Gott, wenn auch nur ein Untergott."

„Weißt du denn, wo ich Romowe finde?" In mir keimte Hoffnung auf.

„Ja", entgegnete Bangputtys, „wenn du entlang der Küste fliegst, dann entlang einer langen Landzunge bis zum Festland, musst du landeinwärts fliegen, bis du nach Nadraunen kommst. Von dort ist es nicht mehr weit bis Romowe."

„Ich danke dir, Bangputtys. Ich werde auf demselben Weg zurückkommen", versprach ich, und Bangputtys lachte glücklich, wobei er mit seiner flachen Hand auf das Wasser schlug, sodass wir alle ein unfreiwilliges Bad nahmen.

15

Wir flogen also wieder weiter, so, wie es uns der Wellengott gesagt hatte.

Wir kamen schneller voran, als erwartet, denn wir hatten Rückenwind. Plötzlich hatten wir sogar einen heftigen Sturm, der uns vorantrieb. Er wurde zu einem Orkan, dem wir bald nichts mehr entgegenzusetzen hatten, und der uns vor sich herjagte.

Nach einer Weile ließ er nach, und ich konnte das Festland nach der Landzunge sehen, von der Bangputtys gesprochen hatte. Wir landeten an einem Fluss, der mehrere Wasserarme in das Meer lenkte, um uns ein wenig von dem Sturm erholen zu können.

Doch kaum waren wir gelandet, sanken Marah und Rusche ein. Mühsam zog Marah einen Huf hoch, um mit den anderen drei umso tiefer einzusinken. Aber auch Rusche erging es nicht anders. Er schlug nun mit seinen Flügeln, um abheben zu können, doch auch das half nicht. Die Lage wurde immer bedrohlicher, denn wir waren in einem Moor gelandet!

Es zog meine Rösser tiefer und tiefer herunter, und sie waren kurz vor einer Panik. Ich musste nun ganz ruhig bleiben, nachdenken, aber schnell, denn es blieb keine Zeit mehr. Sie steckten bereits bis zu ihren Bäuchen im Morast.

„Kleiner Zauberbesen", rief ich in meiner Verzweiflung, „komm her zu mir, damit ich dich anfassen kann", und der kleine Kerl kam schnell herbei. „Zieh Marah und mich heraus und auf festes Land!" Ich packte den kleinen Besen am Stiel, feuerte ihn an und tatsächlich, er zog uns ganz langsam auf festeren Grund. Es machte ein gurgelndes Geräusch, als Marah aus dem Moor heraus kam. Sie blieb dann ohne jede Bewegung stehen. Sie fürchtete, gleich wieder einen falschen Schritt zu tun, und erneut einzusinken.

Ich sah mich nach Rusche um und erschrak. Von ihm waren nur noch Kopf und Hals zu sehen. Er rollte verzweifelt mit seinen Augen. „Halt aus, Rusche, wir kommen!"

Der kleine Besen flog zu meinem Hengst, mich mit sich ziehend, sodass ich Rusche an seinem Horn packen konnte. Mit all meiner Kraft, die ich aufbieten konnte, umklammerte ich Rusches Horn, mit der anderen Hand hielt ich den kleinen Zauberbesen fest.

So sehr wir uns aber alle mühten, wir kamen keinen Zentimeter voran. Eine neue Idee musste her. Marah konnte uns nicht helfen, ohne erneut in Gefahr zu geraten. Der kleine Besen und ich waren doch zu schwach, um Rusche zu retten. Es war auch niemand da, der uns hätte helfen können. Es blieb also nur noch eine einzige Möglichkeit übrig.

Ich erklärte mit kurzen Worten meinen Plan. Rusche sollte den kleinen Besen mit seinen Zähnen festhalten, damit er nicht weiter einsinkt. Ich wollte mich an meinen Rucksäcken zu schaffen machen, um an den Wünschebecher zu gelangen, und so machten wir es auch.

Doch es war leichter gedacht, als getan. Die Rucksäcke waren beide nass geworden, und die Schnüre an ihnen nicht so leicht zu öffnen. Aber irgendwie schaffte ich es doch.

Triumphierend hielt ich den Becher in die Höhe, der mit morastigem Wasser gefüllt war und wünschte uns alle gesund und munter auf festen Boden.

Es drehte sich alles wild um uns herum, und ehe wir uns versahen, standen wir weit weg auf festem Grund, alle drei, während Rusche immer noch den Besenstiel in seinem Maul hatte.

„Du kannst mich jetzt loslassen", rief der kleine Zauberbesen mit seinem dünnen Stimmchen, und Rusche ließ ihn fallen. „Autsch", rief der kleine hölzerne Wicht, „du hättest mich auch gerne sanft am Boden absetzen dürfen." Und dann murmelte er etwas von „Undankbarkeit" in seinen Reisig.

16.

Dieses Erlebnis steckte uns allen noch in den Knochen, und so entschieden wir uns zu einer längeren Rast.

Ich sah mich um, wo ich ein geeignetes Plätzchen für uns alle finden könnte, und entschied mich für eine mächtige Eiche, die in einem alten Mischwald stand. Es gab hier viele Eichen, stellte ich fest, und ich liebe diese Bäume, die so mächtig und imposant waren.

In der Nähe gab es noch einige Seen, also hatten meine Rösser auch Wasser. An den Ufern wuchs herrliches Gras, hier konnten wir bleiben und uns richtig erholen.

Am nächsten Tag erkundete ich unsere Umgebung, und ging zu Fuß um unseren See herum. Es war ein sehr langer Marsch, den ich mir kürzer vorgestellt hatte. Auf der gegenüberliegenden Seite im Wald versteckt sah ich eine Schilfhütte. Davor hockte ein Mann, der Holz für ein Feuer aufschichtete, und eine Frau, die ein Kleinkind in ihren Armen hielt. Sie hatten enge Röcke aus Leinen an, darunter lange Hosen und Schuhe aus Bast. Das alles wurde mit einem Gürtel gehalten. Sie wirkten sehr arm.

Ich beobachtete sie eine Weile, dann wollte ich umkehren. Dabei trat ich auf einen morschen Ast, den ich übersehen hatte. Das Knacken weckte ihre Aufmerksamkeit. Schnell flüchtete die Frau mit ihrem Kind in die Hütte, der Mann aber richtete sich auf, griff zu einem stabilen Knüppel und sah in meine Richtung.

Das hatte mir noch gefehlt. Ich hätte wegrennen können, aber ich entschied mich, hinter meinem Baum hervorzutreten. Ich zeigte meine leeren Handflächen und blieb still stehen. So hoffte ich, dass der Mann mich nicht als Bedrohung ansah.

Er kam auf mich zu, blieb aber einige Meter vor mir stehen. Wir musterten einander, dann lächelte ich, drehte mich langsam mit ausgebreiteten Armen einmal um mich selbst herum, damit er sehen konnte, dass ich nicht bewaffnet war. Dann blieb ich erneut stehen. Er schien zufrieden, aber schaute über meine Schulter hinweg, ob da noch andere Menschen wären.

Ich bedeutete ihm, dass ich allein war, und das schien er auch zu glauben. Langsam, die Umgebung nicht aus seinen Augen lassend, lud er mich mit einer freundlichen Bewegung zu sich ein, und langsam folgte ich ihm.

Er wies mir einen Platz vor seiner Hütte an, in die ich verstohlen lugte und seine Frau mit dem Kleinkind in eine Ecke gedrückt gewahrte.

Das Kind lächelte und winkte mit seinen Ärmchen, und ich lächelte und winkte zurück. Das Eis war gebrochen, und bedächtig kam auch die Frau mit ihrem Kind aus der Hütte hervor, und setzte sich neben mich.

„Ich heiße Enayrah", stellte ich mich vor. „Meine Name lautet Maive, und das hier ist Sirja", dabei wies sie auf ihre kleine Tochter, wie ich jetzt erkennen konnte. „Und das ist mein Mann Lembit." Sie waren beide blonde und hoch gewachsene Menschen, die sehr stattlich aussahen. „Wir braten uns gleich Fisch, möchtest du unser Gast sein?" Das ließ ich mir nicht zweimal sagen, und ich bedankte mich für die Gastfreundschaft.

Fisch hatte ich seit langer Zeit nicht mehr gegessen, und diese Abwechslung war mir hoch willkommen.

Nun fragten mich die beiden, was ich hier machte, und woher ich gekommen sei. Ich erzählte ihnen alles, was sie sehr erstaunte. Sie wunderten sich, wie weit ich schon in der Welt herum gekommen war, dabei hatte ich ihnen nur von unserem Flug aus Singastein bis hierher erzählt.

Ich fragte sie, ob ich hier vielleicht in Nadrauen sei. Sie verneinten, ich wäre hier in Sudauen, nicht weit von dem Meer. Das hatte mich nun doch sehr überrascht.

Dann wollte ich wissen, ob sie mir den Weg nach Nadrauen weisen könnten, doch sie wussten ihn nicht. Sie erzählten mir, dass sie sich vor ihren eigenen Leuten versteckt halten, denn er gehöre zu den Schamaiten, sie zu den Schalauen. Die Schamaiten glaubten, dass Lembit jemanden umgebracht hätte, aber das stimmte

151

nicht. Auf Mord steht Blutrache, und der wollten sie entgehen und hatten sich deshalb im Gebiet der Sudaunen versteckt. Mir taten die beiden leid, denn sie waren mir sehr angenehm, und Lembit wirkte auf mich überhaupt nicht wie jemand, der einen Menschen umbringen könnte.

Ich wünschte, ich könnte ihnen helfen, vielleicht kann ich das wirklich. Ich nahm mir vor, hier etwas zu unternehmen.

Wir unterhielten uns nach dem köstlichen Mal noch eine Weile, dann verabschiedete ich mich, um zu Marah, Rusche und dem kleinen frechen Zauberbesen zurückzugehen.

17.

„Wo warst du so lange? Wir haben uns Sorgen gemacht", Marahs Stimme scholl mir entgegen. Die gute Seele. Mir wurde ganz warm ums Herz. „Ist schon gut, Marah", entgegnete ich ihr. Und dann erzählte ich meinen treuen Begleitern von meinem Ausflug. Danach nahm ich meinen Wünschebecher zur Hand, füllte ihn mit Wein, und prostete im Gedanken meinen neuen Freunden zu. Ich wünschte mir, dass alle Schamaiten, Schalauen, Lembit, und Maive den Vorfall vergessen, damit die kleine Familie wieder frei und glücklich in ihren Stämmen aufgenommen würde. Klein Sirja war ja noch zu jung, um irgendetwas zu verstehen.

Danach fühlte ich mich rundherum zufrieden.

Ich schlug mein Lager unter der dicken Eiche auf, die ich mir ja schon zuvor ausgesucht hatte, und hing meinen Gedanken nach. Plötzlich war mir wieder so, als ob ich jemanden von einem zum anderen Ast hätte steigen sehen. Ich gebe zu, es war etwas unheimlich.

Andererseits war es beruhigend, Marah und Rusche in meiner Nähe zu wissen, denn auch die Beiden begaben sich nun zur Ruhe und lagen neben mir.

Der kleine Zauberbesen kam gleich unter meine Decke, es muss ihm da vergangene Nacht besonders gut gefallen haben. So ein kleiner Schlingel! Aber nach seiner heutigen Heldentat hatte er sich diesen Platz auch redlich verdient.

18.

„Enayrah, deine Geschichten sind einfach nur spannend. Was du alles erlebt hast, das habe ich mir nicht träumen lassen." Ich finde, Fatme übertreibt ein wenig mit ihrer Begeisterung. Auch macht mich ihr Gefühlsausbruch verlegen.

„Jeder Mensch hat ein spannendes Leben, Fatme. Man muss nur seine Augen öffnen, und muss sehen lernen, lernen Eindrücke aufzunehmen und zu verarbeiten."

Nun ja, ich habe leicht reden, tatsächlich habe ich viel erlebt. Aber Fatme auch. Ich weiß, dass sie ihre eigene Geschichte doch ziemlich belastet, aber sie ist ein Teil von ihr. Ihre Erinnerungen an unsere Begegnung sind für sie viel dramatischer, als meine. Sie hat ihre Familie verloren, ich habe ihre Salukis schätzen und lieben gelernt.

19.

Voller Tatendrang erwachten wir am nächsten Morgen. Doch unser Problem war, dass wir nicht wussten, in welche Richtung wir aufbrechen mussten. Dass wir uns verirrt hatten, war mir inzwischen klar. Auch unterschätzten wir bestimmt nicht noch einmal das Risiko, in der morastigen Landschaft einzusinken.

Also gestatteten wir uns noch einen weiteren Tag voller Müßiggang. Wir wussten nicht, was uns noch alles erwarten würde, und damit rechtfertigten wir unsere Erholungspause. Marah und Rusche grasten am Ufer des Sees, wehrten die Fliegen mit ihren Schweifen ab, und der kleine Zauberbesen unterstützte sie dabei mit großem Eifer. So ging der Tag auch herum, in Ruhe und Harmonie.

Abends suchte ich wieder mein Lager auf. Etwas drückte mich am Rücken, und ich richtete mich wieder auf. „Hei, kannst du nicht besser aufpassen?" Na, nun hört sich ja alles auf. Liegt doch der kleine Racker von Zauberbesen bereits in meinen Decken, und stellt Ansprüche!

„Was machst du denn hier?", ich spielte Empörung.

„Das siehst du doch, ich passe auf dich auf. Ohne mich kommst du ja nicht zurecht, wie wir gesehen haben." So ein kleiner Frechling. Nur, weil er einmal das getan hat, wozu er gut ist.

„Du hast mir selbst gesagt, dass ihr ohne mich hilflos seid!", erklärte er mit Nachdruck.

Na, da habe ich mir etwas eingebrockt. Und lächelnd machte ich ihm an meiner Seite Platz.

Es war ein lauer Sommerabend, und ich betrachtete wieder den Mond durch die Blätter der Eiche hindurch. Manchmal war er gar nicht zu sehen, so dicht war das Blätterdach.

An einer Stelle war es besonders dicht. Irgendwie blieb mein Blick daran hängen. Plötzlich sah ich die Umrisse eines menschenähnlichen Wesens. Im Nu setzte ich mich auf und starrte nach oben in die Eiche. Ich sah es jetzt ganz deutlich, jemand hing in den Ästen, und beobachtete uns!

Ich sprang von meinem Lager hoch, der kleine Zauberbesen purzelte zur Seite, dann stand ich verteidigungsbereit da, immer das unheimliche Wesen im Blickfeld. „He, was fällt dir ein?", lamentierte der kleine Wicht und erstarrte vor Schreck, als auch er das merkwürdige Geschöpf erblickte.

Langsam, ganz langsam kletterte ein Mann aus der Eiche herab, dabei ließ auch er mich keinen Moment aus den Augen. Dann stand er vor mir: geschmeidig, mit borkiger Haut, Haaren wie Blätter und seine Finger wirkten wie kleine Zweige.

20

„Puskaitis", stellte er sich vor. „Mir gehören der Wald und alle Bäume darin. Ich bin der Wald- und Baumgott!", erklärte er mit einem würdigen Gesichtsausdruck. Ich entspannte mich langsam. „Und ich bin Enayrah von Mamnouna."

„Ich weiß, wer du bist, ich verfolge dich schon lange. Was willst du hier, was suchst du?", wollte er wissen. Puskaitis schaute mich durchdringend an.

„Wir haben uns verirrt. Bangputtys hatte uns eine Route beschrieben, von der wir abgekommen sind. Fast wären wir im Moor versunken. Nun sind wir hier an diesem Ort, und wissen nicht, wo er liegt.

„Nun", meinte Puskaitis schon etwas milder gestimmt „ihr seid in Sudauen." Das half mir auch nicht weiter, weil ich überhaupt nicht wusste, wo Sudauen lag. Puskaitis sah meinen ratlosen Gesichtsausdruck und erläuterte, dass Sudauen zwischen Schamaiten und Schalauen liegt. Nun wusste ich gar nichts mehr.

„Puskaitis, hilf uns doch bitte, wir wollen nach Romowe", ich sah ihn bittend an. „Was wollt ihr dort? Wisst ihr nicht, dass das ein heiliger Ort ist? Da darf nicht jeder hin." Ich überlegte kurz, ob ich ihm trauen konnte, entschied aber dann doch, ihm meine ganze Geschichte zu erzählen.

Als ich geendet hatte, wiegte er nachdenklich seinen Kopf. „Romowe liegt in Nadrauen", berichtete er. Ich verlor bald meine Geduld. Das hatte Puskaitis bemerkt, und nun lachte er. „Enayrah, ich weise euch den Weg dorthin und komme mit. Ich war auch lange nicht mehr dort. Kommt!"

„Aber Puskaitis, doch nicht mitten in der Nacht, lass uns im Morgengrauen aufbrechen", bat ich ihn. Offensichtlich brauchte er keinen Schlaf, aber wir. So einigten wir uns auf den frühen Morgen, an dem wir gemeinsam aufbrechen wollten. Der kleine Zauberbesen war auch wieder versöhnt, und schob sich unter meine Decken.

Marah und Rusche legten sich nun auch hin, sie hatten alles aus der Nähe beobachtet, bereit, den Fremden auf ihr Horn aufzuspießen, falls er uns etwas antun wollte. Die treuen Seelen. Mit ihnen fühle ich mich sicher und unbesiegbar.

Puskaitis hingegen bezog wieder sein Quartier in der alten Eiche.

21.

Am nächsten Morgen brachen wir unter Puskaitis' Führung früh auf. Wir konnten nicht fliegen, weil wir im dichten Wald keine zwanzig Galoppsprünge Anlauf hatten. Außerdem weigerte sich Puskaitis, auf Rusche aufzusteigen. Er verließ nie seinen Wald.

Wir waren eine Woche unterwegs, mussten mehrere Seen umrunden, als sich vor uns eine Lichtung auftat. Einige Schilfhütten standen neben welchen aus Holz. „Ist das Romowe?", fragte ich voller Hoffnung den Waldgott, denn langsam wurde ich ungeduldig. „Nein, das ist Rickoyot, ein Dorf in der Nähe von unserem Heiligtum Romowe."

„Ist Romowe denn kein Ort?" Ich war immer davon ausgegangen, dass es sich dabei um ein größeres Dorf handeln würde. „Nein", antwortete Puskaitis, „Romowe ist unsere heilige Stätte, dort wo der Sitz unserer Hauptgötter Perkunos, Patrimpe und Pekellos ist."

„Und wie kommen wir nach Romowe zu den drei Göttern? Überhaupt, wie weit ist es denn noch bis dahin? Vielleicht können wir hier eine kleine Pause einlegen, ich würde gerne den Göttern ausgeruht entgegen treten, Puskaitis."

„Puskaitis?"

Es kam keine Antwort, und ich drehte mich um, sah dahin, wo Puskaitis eben noch gewesen war, aber er war weg, einfach verschwunden. Wir standen nun verlassen da, verwundert, aber was soll es. Also saß ich ab und wir gingen in das Dorf Rickoyot hinein. Es war kein Mensch zu sehen, also rief ich, um auf uns aufmerksam zu machen. Dann endlich sah ich hinter einem Fenster eine Bewegung.

Langsam und misstrauisch schlich eine Frau aus der Hütte, musterte uns unverhohlen. „Guten Tag", erbot ich, doch sie antwortete nicht. Dann kam sie jedoch näher an uns heran. „Ich heiße Enayrah, und bin auf der Suche nach Romowe."

Da blickte sie erstaunt auf. „So so, nach Romowe willst du. Was willst du denn da?" „Ich muss mit den Göttern sprechen. Kannst du mir sagen, wie ich dahin komme?"

Plötzlich kam eine heftige Windböe auf. Mir kam es vor, als brauste der Wind die Laute Vorsicht Okopirn, doch ebenso schnell war die Böe abgeflaut. Das war mir aber immerhin eine Warnung, achtsam zu sein. „Nennst du mir deinen Namen?", fragte ich die

Frau. „Hab ich dir das denn noch nicht gesagt? Ich heiße Laumene. Du kannst bei mir schlafen, aber deine geflügelten Pferde bleiben draußen."

Nun, Marah und Rusche waren nichts anderes gewöhnt, und so nahm ich das Angebot für mich an. „Kleiner Besen, halte deine Augen auf, die Frau ist mir nicht ganz geheuer", flüsterte ich meinem kleinen Helferlein zu. „Klar doch, wie immer, das weißt du ja", säuselte der kleine Wicht zurück. Laumene wies mir eine Ecke zu, und ich legte mich unter meine Decken, zusammen mit dem kleinen Zauberbesen. Wir nahmen uns vor, wach zu bleiben.

Morgen würde sie uns den Weg nach Romowe zeigen, und danach würden sich unsere Wege trennen, nahm ich mir vor. Nach einigen Stunden mussten wir aber dann doch eingeschlafen sein.

22.

Mit einem Ruck wachte ich auf. Es war noch dunkel, durch das Fenster sah ich gerade eben einen Silberstreif, der den kommenden Morgen ankündigen wollte. Laumene war nicht da! Ich stand auf, und ging leise zur Tür. Meine Augen gewöhnten sich langsam an das aufkommende Zwielicht. Dann sah ich Laumene.

Sie machte sich an Marah und Rusche zu schaffen. Beide Rösser lagen auf der Seite im Tiefschlaf, was ungewöhnlich ist, denn sie dösen eigentlich nur. Dann sah ich, was Laumene angerichtet hatte. Sie hatte Marah und Rusche die Hälfte ihrer Schweife abgeschnitten, und gerade wollte sie sich über ihre Flügel her machen!

„Laumene!", schrie ich, und sie erstarrte vor Schreck. Ich sprang herbei und entriss ihr die Schweife. Dann packte ich sie am Arm, zerrte sie in ihre Hütte, packte meine Sachen zusammen und fragte sie nach dem Weg nach Romowe. Doch sie weigerte sich, mir den Weg zu nennen. Also wandte ich einen harten Griff an, der ihr Handgelenk zu brechen drohte, und unter Schmerzen zischte sie durch ihre Lippen, „Nach Norden, in sieben Stunden seid ihr da." Mein kleiner Zauberbesen rieb sich verdutzt seine kleinen Äuglein, er hatte noch fest geschlafen, der kleine Nachtwächter.

„Was hast du mit Marah und Rusche gemacht?" „Ach, die schlafen nur ein bisschen." „Dann wecke sie unverzüglich auf!" Um meiner Forderung Nachdruck zu verleihen, erhöhte ich den Druck auf ihr Handgelenk. Sie ging in die Knie, aber meine Rösser wurden wach.

Ich schleuderte Laumene von mir weg, eilte zu Marah und legte Rusche meine Rucksäcke auf. Dann verließen wir Rickoyot in Richtung Norden.

23.

Ich ritt am Ufer eines weiteren Sees entlang, als etwas auf dem Wasser meine Aufmerksamkeit erregte. Es war ein Pferdekopf, ein schwimmendes Pferd, sehr ungewöhnlich, fand ich. Das Pferd schwamm in unsere Richtung, aus den Wellen stieg eine wunderschöne Schimmelstute und kam auf uns zu. Sie warf einen koketten Blick auf Rusche und umtänzelte ihn. Ihm gefiel offensichtlich ihre Aufmerksamkeit. Er spannte alle Muskeln an, wölbte seinen Hals und schnaubte imponierend.

Dann blieb die Stute stehen. Sie sah zu mir und sagte: „Enayrah, du reitest in die falsche Richtung. Laumene hat dich belogen. Nach Romowe geht es in Richtung Süden."

„Wer bist du, und woher kennst du meinen Namen?", ich war nun wirklich verwundert. Welch ein mystisches Land, in das ich geraten war. „Ich bin Ausca, Göttin der Morgenröte und Tochter der Mutter aller Mütter, der Sonnengöttin Saule. Ich habe nur wenig Zeit am Morgen, weil gleich meine Brüder Saules Himmelswagen von Osten nach Westen ziehen, dann ist meine heutige Zeit abgelaufen. Du erkennst meine Brüder, weil sie schneeweiß sind, und goldene Mähnen und Schweife haben", erklärte sie nicht ohne Stolz. „Warum willst du uns helfen?" Ich wunderte mich doch schon sehr, aber Ausca zerstreute meine Bedenken. „Ich kann Laumene nicht leiden, immer muss sie Leute piesacken, und man sagt, sie entführt auch Kinder und verschandelt sogar Pferde, stell dir das nur vor!" Sie schüttelte sich bei dieser Vorstellung. „Doch wie erkenne ich, dass ich in die richtige Richtung reite? Hier sind doch nur dichte Wälder."

„Schau dir die Bäume an, Enayrah. Dort, wo an den Rinden Moos wächst, ist Norden. Also reitest du in genau die entgegen gesetzte Richtung nach Süden." Mit diesen Worten machte sie ein paar übermütige Bocksprünge vor Rusche und quiekte übermütig. Dann sprang sie wieder in die Fluten und schwamm davon.

Ich gebe gerne zu, dass ich von diesem schönen Geschöpf sehr beeindruckt war, aber mein lieber guter Rusche hatte sich doch tatsächlich verliebt! Wie im Traum lief er ihr hinterher, war bereits bis zum Bauch im Wasser. Da riefen Marah und ich ihn zurück. Er war ganz erstaunt, wo er sich befand, denn er hatte nur noch Ausca in seinem Kopf.

Wir mussten ihm gut zureden, es wurde auch bereits Tag, und Ausca war bis zum nächsten Morgen verschwunden, denn nun zogen ihre Brüder, die Zwillinge Aschviniai bereits den Sonnenwagen herauf.

Rusche seufzte tief, aber dann gingen wir unseren Weg weiter nach Romowe in Richtung Süden.

24.

Nach sieben Stunden rochen wir ein Feuer. Vorsichtig näherten wir uns der Gegend, woher der Geruch kam. Dann waren wir plötzlich an einer großen Lichtung, auf der eine mächtige Eiche stand. Davor loderten die hohen Flammen.

Wir sahen eine Frau, die zwei Stricke in ihren Händen hielt, und zwei gefesselte Menschen hinter sich her zog. Ich erkannte Lembit und Maive, die sie nun an einem Baum festband! Dann ging sie zurück. Kurz darauf kehrte sie mit der kleinen Sirja zurück, und lief zu den knisternd lohenden Flammen.

„Nein, Giltine, nein!", flehte Lembit, und mit einem markerschütterndem Schrei der Verzweiflung brach Maive zusammen.

Doch Giltine lief mit Sirja auf dem Arm weiter zum Feuer. Da wurde mir klar, was sie vorhatte. „Marah, Rusche, kleiner Zauberbesen! Wir müssen Sirja helfen, auf in den Kampf!"

Nun ging alles sehr schnell. Rusche rammte sein Horn unter Giltines Arme und schleuderte Sirja in die Höhe. Der kleine Zauberbesen fing sie auf, und Marah keilte aus, traf Giltine an ihrem Hinterteil, die fluchend durch die Luft flog. Ich rannte derweil zu Lembit und befreite ihn. Er löste Maives Fesseln, die langsam wieder zu sich kam. Dann übergab mir der Zauberbesen Sirja, die ich in meinen Armen zu beruhigen suchte.

Ich lief die Kleine auf meinen Armen schaukelnd zu Maive, die schluchzend ihre Hände nach ihrem Kind ausstreckte und es abküsste.

„Lembit, was ist hier los, was war das, warum wollte Giltine Sirja verbrennen? Wer ist sie überhaupt?" Schockiert sah ich ihn an.

„Giltine ist die Göttin des Todes, sie bringt schmerzhaften Tod über uns", ein Schaudern schüttelte Lembit.

„Doch warum wollte sie euch schaden, und warum wollte sie eure kleine Tochter verbrennen?"

Lembit sah mich offen an, „sie glaubt, wir haben den Tod von unserem Häuptling verschuldet. Das glauben auch alle anderen unserer Sippe. Doch tatsächlich wollten wir fischen. Dabei ist Ülo ins Moor geraten, und versunken. Ich konnte ihn nicht retten, weil ich selbst eingesunken war. Doch ich hatte Glück, ein herunter hängender Ast rettete mir mein Leben, ich konnte mich langsam wieder heraus ziehen. Giltine stand plötzlich vor unserer Hütte und mit einem Zauber entführte sie uns."

„Aber dann bist du doch schuldlos", meinte ich. „Ja", entgegnete Lembit, „aber sie glauben mir nicht." „Doch, Lembit, du wirst sehen", und ich dachte an meinen Wünschebecher, der das Tuch des Vergessens darüber gebreitet hatte. Giltine hatte ich in meinen Wunsch nicht einbezogen, weil ich von ihr nichts wusste. Das ließe sich aber noch nachholen.

In dem Moment kam Giltine wieder angehumpelt, wobei sie ihr Kreuz mit einer Hand hielt. Mit bösen Blicken musterte sie uns, um dann noch schneller an uns vorbeizuhumpeln.

25.

Wir zogen uns tief in den Wald zurück, wo wir ein Lager aufschlugen.

Dann nahm ich Wurst, Käse, Brot und den Wein, die niemals alle wurden, aus meinem Rucksack und bot meinen Freunden etwas an. Ich füllte meinen Wünschebecher, prostete Maive und Lembit zu, dann sprach ich leise meinen Wunsch nach Vergessen aus, so dass auch Giltine sich nicht mehr an den Tod von Ülo erinnern konnte. Dann hängte ich noch einen kleinen anderen Wunsch an, nämlich, dass meine Rösser wieder ihre prachtvollen Schweife zurückbekämen.

Maive und Lembit bedankten sich überschwänglich für die Rettung. Sie sahen schon ihr Ende gekommen, aber nun stand ein neuer Anfang vor ihnen. Am nächsten Morgen machten sie sich auf den Heimweg. Maive trug Sirja auf ihren Armen, und mit einem Gruß marschierte die kleine Familie nach Hause zu ihrem See und ihrer Schilfhütte.

Wir hingegen mussten uns Gedanken machen, wie wir Perkunos, Patrimpe und Pekellos treffen konnten.

Wäre jetzt Puskaitis hier, könnten wir ihn fragen. Aber, er muss doch hier sein, weil er in den Bäumen wohnt, und seinen Wald nicht verlässt.

„Puskaitis", rief ich, „guter Freund, bitte komm zu mir, ich bitte dich um deine Hilfe!" Lauschend stellte ich meinen Kopf etwas schief, doch es war nichts zu hören. Vermutlich mussten die Hauptgötter so furchteinflößend sein, dass sogar der Waldgott Puskaitis respektvollen Abstand zu ihnen hielt.

Ich versuchte erneut, ihn herbeizurufen. „Bitte Puskaitis, zeige dich, ich will doch gar nichts von dir, ich habe nur eine Frage", doch wieder kam keine Antwort. Langsam wurde ich etwas mutlos. Da kam Marah von hinten an mich heran, rieb ihre weichen Nüstern an meiner Schulter und sagte: „Hab doch Geduld, Enayrah, ich weiß, wir werden unser Ziel erreichen." Ich nahm ihren schönen Kopf in meine Arme. „Ach meine liebe treue Gefährtin, Marah, mein Ein und Alles, ja das bist du." „Ich weiß das, Enayrah, und darum, vertrau mir, wir werden Romowe schon finden." Dann nickte sie mit ihrem Kopf, sodass ihre Mähne durch die Federn ihrer Schwingen flog.

Ihr Zuspruch tat mir gut, und ich setzte mich auf einen Stein, kaute an einem Grashalm und hing meinen Gedanken nach, während Marah und Rusche grasten.

Plötzlich tippte mich etwas von hinten an „Lass das, Marah, sei nicht albern", wehrte ich sie ab. Doch wenig später tippte sie mich wieder an, nur diesmal etwas stärker. „Marah, du sollst doch nicht so albern sein", dann drehte ich mich zu ihr um, aber es war nicht sie, die mich anstieß, es war Puskaitis.

Ich sprang hoch wobei ich mich zu dem Waldgott umdrehte. „Puskaitis, welch eine Freude dich endlich zu sehen. Ich hatte dich gerufen, hast du mich denn nicht gehört?", fragte ich ihn, aber er wich einer Antwort aus.

„Was willst du denn von mir, Enayrah?", fragte er mich stattdessen.

„Bitte sage mir, wie wir nach Romowe kommen, es kann doch nicht mehr sehr weit sein", bat ich ihn, und er sah mich verdutzt an.

„Aber Enayrah, du warst doch schon dort. Romowe ist die uralte dicke Eiche, vor der immer ein Feuer brennt."

Das war also Romowe! Der Sitz der drei Hauptgötter, in der Eiche! Dort mussten wir wieder hin, und dort war aber auch Giltine!

26.

Ich packte wieder alle Sachen zusammen, und dann machten wir uns auf den Rückweg nach Romowe. Je näher wir kamen, desto vorsichtiger gingen wir. Nach einer Weile hörten wir wieder das Knistern und Knacken des Scheiterhaufens.

Wir überlegten, wie wir die Situation meistern könnten, denn Giltine wollten wir nicht wieder in die Arme laufen, wenn wir es verhindern konnten. „Kleiner Zauberbesen, kannst du nicht auf die Lichtung fliegen, und uns Bericht erstatten", fragte ich unseren hölzernen Helfer.

Der war darüber entzückt, endlich wieder einmal eine wichtige Rolle spielen zu dürfen. „Ich wusste es doch! Ich wusste doch, dass ihr auf mich angewiesen seid, und mich braucht", freute er sich, und schon war er weg.

Marah, Rusche und ich warteten hinter dichtem Gestrüpp auf Nachrichten unseres kleinen Freundes. Lange mussten wir uns nicht gedulden, dann kam er wieder. „Giltine ist weit und breit nicht zu sehen", berichtete er. Das war schon mal sehr beruhigend.

Wir verabredeten, dass sich der kleine Zauberbesen im Wald und in unserer Nähe versteckt hielte, um uns zu warnen, wenn Giltine käme. Ich ließ auch meine beiden Rucksäcke in seiner Obhut zurück.

Dann liefen Marah, Rusche und ich zur Lichtung. Am Rand verweilten wir einen Moment, ich straffte meine Schultern, dann gingen wir langsam und respektvoll weiter.

Vor den hohen Flammen teilten wir uns. Rusche ging nach rechts, Marah und ich nach links. Meine Hippopegasi blieben links und rechts des Feuers stehen, bereit einen Kampf aufzunehmen.

Ich richtete meine Augen auf die ungewöhnlich mächtige Eiche. Eine Weile stand ich so da, versuchte, etwas zu erkennen. Das war gar nicht so leicht, weil die Luft durch die Hitze flirrte, und alles verschwommen aussah.

Ich nahm all meinen Mut zusammen und rief: „Ihr Götter Perkunos, Patrimpe und Pekellos, bitte zeigt euch mir. Ich bin Enayrah von Mamnouna und bitte euch, mich anzuhören!"

Nichts geschah.

„Hört mich doch an! Bitte! Ihr Götter!", ich sah mich um „Perkunos! Patrimpe! Pekellos! Ich bin Enayrah von Mamnouna, und bin weit gereist, euch zu treffen. Ich brauche eure Hilfe!"

Und wieder kam keine Antwort, nur, dass das Feuer noch heller zu brennen schien, denn der Himmel wurde immer dunkler, verriet mir ein Blick nach oben.

Ganz plötzlich wurde der Himmel schwarz, Blitze zuckten, und mit einem ohrenbetäubenden Krachen donnerte es. Das Feuer flackerte wie wild und tauchte die Eiche in ein rotes und gelbes Farbenmeer.

Aus dem Farbenmeer kristallisierten sich ganz allmählich Gesichter heraus.

Links von mir sah ich einen weißhaarigen Greis mit einem langen Bart, der düster dreinblickte. Es war Pekellos, der Gott des Verderbens und des Todes. In der Mitte schaute mich das zorniges Gesicht eines Mannes an. Er trug einen krausen schwarzen Bart, aus seinen Augen schleuderte er Blitze. Das musste Perkunos sein. Er war der Gott des Donners und des Feuers. Rechts von ihm sah ich einen jungen blonden Mann, dessen

Haare aus Kornähren bestanden, er war der Kriegsgott Patrimpe.

27.

Um uns herum prasselte ein sturzflutartiges Gewitter, Blitze schlugen ein, trafen uns aber nicht. Meine Hippopegasi und ich standen wie angewurzelt, wagten nicht, uns zu bewegen. Während dieser Zeit schauten Perkunos und ich uns in die Augen, keiner wandte seinen Blick vom anderen. Es war ein Machtkampf.

Aber auch Pekellos und Patrimpe musterten uns unverhohlen. Keiner wollte nachgeben und Schwäche zeigen. Marah und Rusche senkten ihre Hörner noch tiefer und scharrten mit ihren Hufen. Die Situation begann, komisch zu werden, und ich konnte mich plötzlich nicht mehr halten vor Lachen.

Die drei Hauptgötter schauten zunächst verdutzt, aber dann lachten sie auch. Sie lachten mit mir und dann miteinander. Das Eis war gebrochen.

„Nun berichte uns, Enayrah, warum du hier so durch den Wald schreist und alle Tiere verängstigst", wollte Perkunos wissen. Ich hatte durchaus nicht geschrien, bestenfalls gerufen, aber vorsichtshalber widersprach ich nicht. „Verzeih, Perkunos, das wollte ich nicht, aber ich brauche deine Hilfe."

„Wozu?", und er nahm wieder seine drohenden Gesichtszüge an, „Stiehl mir nicht meine Zeit!"

„Ich bin Enayrah von Mamnouna. Unser Feind ist die Zaubererdynastie der Djinnyjah. Sie haben aus unserer goldenen Zauberkugel drei Edelsteine gestohlen. Ohne die drei Edelsteine können wir weder Gutes tun, noch Schlechtes verhindern. Einer von diesen Edelsteinen ist ein wunderschöner Bernstein, den du dem Ururgroßvater meines Vaters Urgroßvaters geschenkt hast, und in den ein Zauber eingebunden ist. Ich bin auf der Suche nach diesem Stein, und dabei bis hierher gekommen. Ich weiß, dass alle Bernsteine durch Deine Hände gehen, und du ihr weiteres Schicksal bestimmst."

Perkunos brummte zustimmend. „Es ist das Gold der Pruzzen. Unser Bernstein. Ich kann mich noch sehr gut an Deinen Ur-und-so-weiter-großvater erinnern, Enayrah."

Er musterte mich aufmerksam. „Es war ein besonders schöner Stein, in dem eine Zecke eingeschlossen war. Ich habe damals den Stein mit einem Zauber belegt, damit er Gutes bewirkt. Normalerweise ist das nicht meine Art, aber diese Zecken sind mir zuwider, sie haben mich immer wieder bei meinen und Patrimpes Geschäften gestört."

Pekellos verzog sein Gesicht. Er war anderer Meinung, brachten ihm die Zecken doch reichliche Ernte durch Krankheiten und danach den Tod von Mensch und Tier.

„Geh, Enayrah, und lass uns nachdenken." Mit diesen Worten verabschiedete mich Perkunos. Dann verschwanden er, Pekellos und Patrimpe wieder in der uralten Eiche.

28

Wir waren entlassen. Marah und Rusche standen während der Rede von Perkunos immer entspannter auf ihren Positionen. Ihre Hörner hielten sie auch nicht mehr zum Angriff gesenkt.

„Kommt, Rusche, Marah, gehen wir. Morgen kommen wir wieder zurück, und fragen Perkunos, ob er uns dann helfen kann."

Kaum hatte ich zu Ende gesprochen, als ein Geräusch zwischen pfeifen und zischen die Ruhe unterbrach. In dieses Geräusch hinein vermeinte ich, das dünne aufgeregte Stimmchen des kleinen Zauberbesens zu hören. Und tatsächlich, er war es.

„Hilfe! Hilfe Enayrah! Giltine ist hinter mir her!"

Der kleine Zauberbesen flog zischend und pfeifend, in merkwürdigen Wellen auf mich zu. Fast konnte er seine Flugbahn nicht halten. Doch irgendwie schaffte er es doch noch und landete fast auf meinen Armen, aber eben nur fast. Es ging aber gut, weil ich nach ihm griff.

Er zappelte wild herum, sodass ich Mühe hatte, ihn zu halten. Dabei jammerte er herzzerreißend. „Ich habe solche Schmerzen, Enayrah!" Ich versuchte, ihn zu beruhigen, hielt und wiegte ihn sanft in meinen Armen und sprach leise auf ihn ein. Sein Wimmern wurde auch etwas weniger. Dann sah ich, was geschehen war!

Giltine muss ein Beil nach ihm geworfen haben, welches den kleinen Zauberbesen am Kopf getroffen hatte. Ein kleines Stück Holz stand ab und hing nur noch mit einer Faser am Stiel. Dadurch entstand auch das merkwürdige Fluggeräusch!

„Kleiner Zauberbesen, wir müssen das Stückchen Holz entfernen, sonst kannst du nicht mehr geradeaus fliegen!", erklärte ich meinem kleinen Freund.

„Nein!", rief er, „Das tut so weh, das halte ich nicht aus!", er schrie und wimmerte lauter, als vorher. Doch ich zertrennte den letzten Rest Holz, und hielt den Splitter in meiner Hand.

Vor lauter Geschrei hatte es der kleine Zauberbesen gar nicht gemerkt, und als er erneut Luft zum Schreien holte, sagte ich ihm, dass bereits alles erledigt sei. „Wirklich?", schluchzte er und sah mich ungläubig an. „Hier, schau mal, das ist der Splitter", während dessen sich der kleine Zauberbesen vorbeugte, um sich den Span genau anzuschauen. „Ich stecke ihn zur Aufbewahrung in meinen Rucksack. Dann kannst du später zu Hause allen erzählen, was du erlebt hast."

Diese Aussicht, zu Hause den anderen Bewohnern von seinen Abenteuern und dem Einsatz seines Zauberbesenlebens zu berichten, machte ihn sofort stolz. Seine Tränen versiegten, auch jammerte er nicht mehr.

Er holte noch einmal tief Luft, lächelte, und hob zu einem neuen Flug ab. Ohne den abstehenden Span konnte er auch wieder seine geplante Route halten, aber wenn ich jetzt sagen würde, dass das Geräusch verschwunden wäre, nun, so ganz stimmt es nicht. Ein leises Rauschen war noch zu vernehmen. Wer hingegen nicht wusste, dass es der kleine Zauberbesen verursachte, konnte es für einen sanften Wind halten.

Wir gingen zu meinen Rucksäcken zurück, sie lagen noch so da, wie ich sie verlassen hatte. Auch fehlte nichts darin.

Erleichtert marschierten wir zurück zu einem der vielen Seen im Wald, ließen uns dort nieder, und berieten, was wir tun wollten.

Wir beschlossen, am nächsten Morgen zu den drei Göttern zurückzugehen, und sie direkt noch einmal um Hilfe zu bitten. Danach begaben wir uns zur Ruhe und fielen in einen tiefen Schlaf.

29.

Der nächste Morgen dämmerte bereits, und wir erhoben uns, um den Rückweg nach Romowe anzutreten.

Das große Feuer brannte hellauf und lodernd, und wir stellten uns wieder so auf, wie tags zuvor. Diesmal lehnte der kleine Zauberbesen an meinem Bein.

Perkunos, Patrimpe, Pekellos, ihr Götter, hört mich bitte an!" Diesmal rief ich leiser, und wartete ab, mich in Geduld fassend. Marah und Rusche standen auch ruhig da, ohne drohend ihre Hörner zu senken. Bestimmt verging eine viertel Stunde, aber dann zeichneten sich die drei Gesichter der Götter durch den Rauch hindurch in der uralten Eiche ab.

„Enayrah", Perkunos erhob seine grollende Stimme, „die Djinnyjah haben deinen Bernstein vernichtet, er ist verbrannt und nichts ist mehr von ihm übrig."

Das war ein Schock! Sollte es nun wahr werden, dass aus Nieselregen ein alles überschwemmender Regen würde, aus einer leichten Brise ein Orkan, aus Freunden Feinde? Wir standen noch wie erstarrt da, und bevor ich mich wieder fassen konnte, waren die Götter verschwunden.

Nun passierte neben mir alles gleichzeitig, so schnell, dass ich gar nicht reagieren konnte.

Mit einem hässlichen meckernden Lachen griff Giltine, die sich von hinten angeschlichen hatte, nach dem kleinen Zauberbesen, packte ihn und schleuderte ihn mitten in das gefräßige Feuer! Die Schreie meines kleinen Freundes werde ich nie vergessen, es war einfach nur schrecklich! Und ich konnte nichts mehr tun!

Marah und Rusche hingegen bissen und schlugen nach ihr, sodass sie bestimmt noch heute ihre blauen Flecke pflegen muss, doch das brachte den kleinen Zauberbesen auch nicht wieder zurück.

Wie benommen gingen wir mit schleppenden Schritten zurück in den Wald an den kleinen See, und ich schäme mich nicht zuzugeben, dass ich sehr um unseren kleinen hölzernen Freund geweint habe.

30.

Bei dieser Erinnerung steigen mir wieder Tränen in die Augen, und Fatme weiß nicht recht, was sie sagen soll, also schweigt sie. Dafür bin ich ihr dankbar.

Nach einer Weile stehe ich auf, gehe zu ihr hin, und fasse sie bei der Hand. Dann ziehe ich sie wortlos mit mir, und wir gehen in den Garten. Dort setzen wir uns unter die Rosenhecke und schweigen weiter. Der Duft der Rosen ist betörend.

Ich betrachte die vorbeiziehenden Wolken, beobachte die Vögel, wie sie ihre Kreise am Himmel ziehen und komme innerlich wieder zur Ruhe.

Ich räuspere mich und mit belegter Stimme erkläre ich Fatme, dass ich jetzt weiter erzählen will. Unsere Blicke treffen sich, und ich lese in ihrem Gesicht Anteilnahme und scheue Neugier.

Cheschmesch hat ihren Kopf auf meinen Schoss gelegt, und Aslan seinen auf den von Fatme. Nadjieb liegt auf dem Gras, zu unseren Füßen.

31.

Ratlos blieben wir nun an dem kleinen See sitzen. Wir wussten nicht, wie es weitergehen sollte. Die Trauer um unseren kleinen Freund war groß und lähmte zudem unsere Gedanken. Ich fühlte mich als Versager, einmal, weil ich den kleinen Zauberbesen nicht gerettet hatte, und zum anderen, weil ich die Spur des Bernsteins verloren hatte, und die Djinnyjah nun gewinnen würden. Ich mochte mir gar nicht ausmalen, welche schrecklichen Folgen das haben würde.

Der Tag war überschattet von trüben Gedanken, und auch in der Nacht fanden wir keine Ruhe. Ungeduldig erwartete ich den Morgen, vielleicht bringt er ja etwas Neues.

Bedrückt ließ ich meinen Blick über den See schweifen, als etwas den Wasserspiegel aufwühlte und Wellen vor sich her schob. Meine Aufmerksamkeit war geweckt und leise rief ich nach meinen beiden Hippopegasi, die ihrerseits die Ohren spitzten, um den Neuankömmling in Augenschein zu nehmen.

Das Wasserwesen kam näher, und dann erkannten wir Ausca, Tochter der Sonnengötting Saule! Nun hatte sie festen Grund unter ihren Hufen und schritt an Land. Dort schüttelte sie erst einmal das Wasser aus ihrem Fell und kam auf uns zu.

Rusche begrüßte sie mit einem Wiehern, ähnlich einer Posaune. Dann tänzelte er angeberisch auf sie zu. Sie hingegen schlug mit einem Vorderbein aus und quiekte. Das bedeutete, er solle sie in Ruhe lassen. „Rusche, lass sie!", rief ich ihm zu, und enttäuscht kam er zu uns zurück.

Ausca kam nun zu uns herüber. „Ausca, kleine Schönheit, welch eine freudige Überraschung, dich hier zu sehen", begrüßte ich sie. „Danke, Enayrah, ich kam nur zufällig hier vorbei." Dabei warf sie Rusche einen kecken Blick zu. Der wiederum stand ganz verzückt da.

„Ich habe gehört, ihr habt Schwierigkeiten." Ausca kam gleich zur Sache, da sie nicht viel Zeit hatte. „Ja", entgegnete ich betrübt und erzählte ihr alles.

„Dann wartet hier auf mich, ich will versuchen euch zu helfen. Ich muss aber weiter, bevor meine Brüder kommen. Morgen bin ich wieder da." Mit einem schelmischen Blick auf Rusche versank sie wieder in den Fluten des Sees.

Rusche seufzte laut, hat er sich doch verliebt! Marah hatte das alles auch genau beobachtet und festgestellt, dass ihr Sohn jetzt auch schon richtig erwachsen war. Trotz der Trauer, die uns alle umgab, war das anrührend, wie die Beiden einander umwarben.

Ungeduldig warteten wir nun auf den folgenden Morgen. Ich, weil ich auf Hilfe von Ausca hoffte, und Rusche, weil er seine Angebetete gerne wieder sehen wollte.

32.

Bereits vor Sonnenaufgang standen wir erwartungsvoll am Ufer. Voller Ungeduld warteten wir auf Ausca, dann endlich, die Wellen kräuselten sich erst leicht, dann immer mehr und kamen näher. Wie erwartet stieg die edle Schimmelstute aus dem Fluten und schüttelte sich.

„Ich muss mich beeilen, wie ihr wisst. Darum kann ich euch nur jeden Morgen etwas erzählen, also hört gut zu. Ich sage euch, wie ihr an einen anderen Bernstein kommen könnt, der den gleichen Zauber erfüllen kann." Sie machte zierliche Schritte in Richtung Süden, und wir folgten ihr gebannt.

„In früheren Zeiten lebte die Meeresgöttin Jurate in ihrem prächtigen Unterwasserschloss aus Bernstein tief unten in der Ostsee. Eines Tages verliebte sie sich in einen Sterblichen. Es war der Fischer Kastytis, der mit seinem Boot kenterte und den sie gerettet hatte. Sie war von seiner Schönheit wie von einem Schlag gerührt. Sie waren eine Zeit glücklich, bis Perkunos dahinter kam. Für ihn war es unerträglich, eine unsterbliche Göttin mit einem Sterblichen zusammen zu wissen. Er war so

177

erzürnt, dass er Blitze sandte, um ihr Schloss zu zerstören. Es platzte in abertausend Stücke, und die treiben nun nach jeder Sturmflut an den Strand der Pruzzen."

Auscas letzte Worte konnten wir kaum mehr verstehen, denn schon eilte sie weiter.

Ratlos blieben wir zurück, denn wir konnten uns noch keinen Reim auf ihre Erzählung machen. Aber am nächsten Morgen kam sie ja wieder, und wie tags zuvor erwarteten wir sie am Ufer.

Nachdem wir einander begrüßt hatten, erzählte Ausca weiter. „Perkunos kettete Jurate an einem Felsen am Ufer der Ostsee an, wo sie bittere Tränen um ihren verlorenen Geliebten weint. Diese Tränen wurden dann zu Bernstein. Aber auch die vielen Bernsteinstückchen von ihren Schloss treiben in der Ostsee herum", und mit diesen Worten war Ausca wieder weitergezogen.

Marah, Rusche und ich konnten uns immer noch nicht vorstellen, wo wir unter den Millionen Bernsteinstückchen „unseren" finden sollten, und so vertagten wir unsere Suche auf den folgenden Morgen.

Wir verbrachten eine unruhige Nacht, die Tatenlosigkeit machte mir zu schaffen und ich schlief schlecht. Viel zu früh stand ich am Ufer und beobachtete den See. Rusche gesellte sich zu mir, aber sein Grund war ein anderer. Er war verliebt!

Am vierten Morgen berichtete Ausca weiter. „Perkunos tötete Kastytis, riss ihm sein Herz aus dem Leibe und warf es ins Meer. Doch die Meerbewohner brachten es zu Jurate, die es beweinte, sodass es von ihren Tränen ganz überzogen wurde." Schon machte sich Ausca wieder auf ihren Weg, diesmal ein Stück von Rusche begleitet. So sehr er sich auch anstrengte, er konnte mit ihr nicht Schritt halten. Etwas ernüchtert kam er wieder zurück.

Am fünften Morgen berichtete Ausca dann weiter. „Kastytis' Herz wurde von Jurates Tränen zu Bernstein, und dieses Bernsteinherz müsst ihr nun finden." „Aber wo sollen wir suchen?", fragte ich Ausca, doch da konnte sie auch keine Antwort drauf geben. Stattdessen umtänzelte sie Rusche, der am Ufer des Sees zwanzig Galoppsprünge Anlauf nahm, um sie zu begleiten. Dann waren beide verschwunden.

33.

Marah und ich schauten beiden nach, sicher würde Rusche bald wieder zurückkehren. Wir wandten unsere Gedanken Auscas Aussagen zu, und überlegten, wie wir es anstellen könnten, Kastytis' Bernsteinherz zu finden.

„Es ist klar, dass wir an das Meer zurück müssen", meinte meine Stute. Da musste ich ihr Recht geben. Es machte wenig Sinn, auf Ausca zu warten, denn sie hatte uns ja alles berichtet, was sie wusste.

Wir entschlossen uns also, zusammenzupacken, damit wir startklar waren, wenn Rusche zurückkäme. Doch der Hengst ließ uns lange warten. Die Mittagszeit war längst vorüber, aber Rusche war immer noch nicht zu sehen. Als es Abend wurde, machten Marah und ich uns ernstlich Sorgen. Es dämmerte, und nun wurden wir fast krank bei der Vorstellung, ihm könnte auch etwas zugestoßen sein, wie dem kleinen Zauberbesen.

Die Nacht verbrachten wir hellwach und mit Bangen. Von Rusche war weit und breit nichts zu sehen! Gegen Morgen standen wir wieder am Ufer des Sees und warteten auf Ausca. Die Zeit verging unendlich langsam, und meine Nerven waren bis zum äußersten angespannt.

Endlich sah ich ein Gekräusel auf der Wasseroberfläche, es kam näher und näher, für mich aber viel zu langsam. Daneben kräuselten sich andere Wellen, auch sie kamen immer näher. Das war ungewöhnlich, und ich versuchte, mehr im Dämmerlicht zu erkennen.

Und dann sah ich Ausca, wie sie langsam ans Ufer kam. Neben ihr unser Rusche! Niemand kann sich vorstellen, wie erleichtert wir waren! Er war wieder da, und es war ihm nichts passiert.

Wir lachten und freuten uns, als Ausca meinte, sie müsse nun dringend weiter. Dann stupste sie Rusche mit ihren Nüstern an, und er zwickte sie zärtlich in den Hals. Beide wieherten laut zum Abschied, und nun wurde uns einiges klar. Die beiden Verliebten hatten sich zurückgezogen, um allein zu sein. Wie sein Vater, dachte ich nur und musste lachen. Sehr viel später erfuhr ich, dass Ausca und Rusche eine ganz besondere Pferderasse begründet hatten, die man später Trakehner nannte.

„Können wir nun los oder hast du noch etwas, Rusche?", fragte ich meinen Hengst. „Nö", war die etwas müde und verträumte Antwort, und dann machten wir uns wieder auf den Weg zur Ostsee in Richtung Norden.

Wir kamen nicht sehr schnell voran, weil wir sehr vorsichtig Moore umgehen mussten. Wir wollten nicht Gefahr laufen, noch einmal einzusinken. Dabei musste ich wieder an unseren Kobold, den kleinen Zauberbesen denken, und es wurde mir schwer ums Herz.

Wir liefen bereits zwei Wochen durch das Land der Seen und Wälder, als wir in der Ferne ein leichtes Rauschen vernahmen. Es war der leichte Wellenschlag der Ostsee, wir hatten unser Ziel erreicht.

Wir traten aus dem Wald hervor und es tat sich der helle Sandstrand auf. Ich ließ meinen Blick über die graue Weite der Ostsee schweifen, und war von der rauen Schönheit beeindruckt. Aus den Wellen ragten wie verloren vereinzelte Felsbrocken, auf denen Schwäne hockten. Eine ungeheure Macht muss sie dorthin geschleppt haben. Möwen flogen über dem Wasser, tauchten hin und wieder ein und kamen mit einem kleinen Fisch im Schnabel wieder hervor. Andere Möwen versuchten, ihren Artgenossen die Beute streitig zu machen.

Nach einer Weile zogen wir uns wieder etwas in den Wald auf eine Lichtung zurück, um ein Lager aufzuschlagen. Außerdem wollten meine Hippopegasi grasen. Ich sah mich nach einem geeigneten Ort um und entschied mich für einen mächtigen Felsbrocken unter einem Holunderbusch. Der Platz erschien mir einladend, und ich legte meine Rucksäcke dort ab, holte mein Brot, Käse, Wurst und Wein hervor, setzte mich auf den Fels und begann mein Mahl.

Gerade wollte ich meinen Wein zum Munde führen, als eine krächzende Stimme erklang. „Was machst du auf meinem Stein? Verschwinde hier, das ist mein Platz!" Verwundert setzte ich meinen Kelch ab und sah mich um. Ich konnte aber niemanden entdecken. Ich begann zu zweifeln, vielleicht spielte mir meine Phantasie einen Streich.

Ich aß und trank weiter, als die Stimme diesmal noch lauter mich des Platzes verweisen wollte. Dabei zupfte etwas an meinem Rock. Verdutzt schaute ich nach unten und entdeckte ein kleines Männlein.

„Wer bist du denn?", fragte ich verwundert. „Ich bin ein Barstucke", entgegnete der Kleine und warf sich stolz in die Brust. „Ich wohne unter diesem Felsbrocken."

„Ist der nicht etwas schwer, ich meine, drückt der dich nicht?" Ich konnte mir das nur sehr schwer vorstellen. „Nein, tut er nicht, nur, wenn du dich darauf setzt oder deinen Kelch dort abstellst."

„Na, dann wollen wir das mal ändern", lächelnd setzte ich mich auf den Boden und konnte so auch besser mit dem kleinen Wicht sprechen.

„Ich verzeihe dir noch einmal", meinte der Kleine großmütig. „Aber gleich musst du hier verschwinden, weil hier nachher mein Herr und Meister eine Verabredung hat." „Und wer ist dein Herr und Meister?", wollte ich wissen.

Der kleine Barstucke beugte sich zu mir herüber, formte seine Hand zu einem Trichter und flüsterte mir ins Ohr „Puschkaytis, der Erdgott!"

Das sagte mir nichts, doch ich sollte es bald erfahren.

35

Es war völlig windstill, dennoch fing der Holunderbusch an zu rauschen, die Blätter wiegten sich wie in einem Sturm. Ich raffte schnell meine Habe zusammen und versteckte mich eilig hinter Gestrüpp. Von dort aus konnte ich den Holunderstrauch beobachten, wenn ich die Zweige meines Verstecks vorsichtig auseinanderbog.

Es näherte sich eine schöne junge Frau, die langsam auf den Holunderbusch zu ging, dabei strich sie mit ihren Händen über das hoch stehende Gras. Sie hatte lange gewellte, weizenblonde Haare, die ihr bis zu den Knien reichten, und allerhand schöne Blumen waren in ihr Haar eingeflochten. Ihr herrliches Haar war ihre einzige Bekleidung.

Dann setzte sie sich unter den Holunderstrauch. Sie brauchte nicht lange zu warten, als sich ein schöner Jüngling zwischen den Holunderzweigen zu ihr gesellte und nach ihren Händen griff.

„Lauma, Geliebte Fee, ich habe so auf dich gewartet". Da entgegnete sie, „Jetzt bin ich doch da, Puschkaytis", und lächelnd hauchte sie ihm einen Kuss auf den Mund.

Einer der Zweige, die ich auseinander bog, muss morsch gewesen sein, jedenfalls brach er entzwei. Lauma und Puschkaytis schauten in meine Richtung und vernahmen noch die Bewegung der zurück schnellenden Zweige. Ich war entdeckt!

Puschkaytis und Lauma erhoben sich und kamen auf mein Versteck zu. Vor ihnen her lief der kleine Barstucke und versuchte ihnen den Weg zu ebnen, indem er das hohe Gras zur Seite drückte. Das war aber angesichts seiner Kleinheit ein vergebliches Unterfangen.

Ich trat hinter meinem Versteck hervor, und erwartete die Ankömmlinge.

„Wer bist du?", fragte mich Puschkaytis, dabei sah er mich böse an, denn natürlich fühlten die beiden sich von mir beobachtet. Lauma stand halb hinter ihm, und auch sie betrachtete mich ärgerlich. Mir war das sehr peinlich, ich stellte mich vor und entschuldigte mich verlegen.

„Was willst du hier?", fragte er mich schroff.

„Ich bin auf der Suche nach Kastytis' Bernsteinherz", antwortete ich wahrheitsgemäß. „Und was willst du damit?", nun war es Lauma, die mir ihre Frage stellte.

Ich war mir nicht sicher, ob ich den beiden trauen konnte, sie wirkten zu ablehnend auf mich. Sie merkten auch mein Zögern. „Dann wirst du es uns erzählen, wenn du bereit bist, mit uns zu sprechen." Mit diesen Worten drehten sie sich um und gingen zurück. Ich merkte, wie der Barstucke dauernd an meinem Kleid zupfte, schenkte ihm aber keine Beachtung, weil ich mich mit dem Erdgott und seiner Waldfee unterhalten hatte, und ihnen nun nachdenklich nach sah. Hinter ihnen lief das kleine Männchen einher.

Das Zupfen an meinem Kleid nahm ich aber immer noch wahr und schaute hinunter. Dann sah ich, was geschehen war. Wurzeln wuchsen aus der Erde heraus und umschlangen meine Beine, erst ganz behutsam und zart, jetzt fest umschlungen. Ich versuchte, sie mir abzustreifen um mich zu befreien. Vergebens. Ich war gefangen, jeder Versuch die Wurzeln abzustreifen, schlug fehl, ich saß fest!

Mit Entsetzen musste ich hinnehmen, dass ich mehr und mehr zuwuchs. Die Wurzeln bildeten belaubte Zweige aus. In meiner Verzweiflung rief ich nach meinen Hippopegasi, Marah und Rusche kamen auch augenblicklich, verwundert über meine sonderbare Lage.

„Wir können das Laub abfressen", schlug Rusche vor, und beide machten sich über die wuchernden Zweige mit ihrer grünen Blätterlast her. Doch so schnell sie auch fraßen, es wuchs genauso schnell wieder nach.

Meine Rucksäcke konnte ich nicht erreichen, um an meinen Wünschebecher heranzukommen. Selbst, wenn ihn mir meine Rösser bringen würden, hätte ich keine Hand mehr frei.

Ich musste meine hoffnungslose Lage einsehen, und nach Lauma und Puschkaytis rufen.

Doch statt der Waldfee und dem Erdgott kam der zwergenhafte Barstucke. Hämisch tanzte er um mich herum und lachte boshaft. „Die beiden kommen nicht. Da hast du selber schuld!", freute er sich.

Marah und Rusche bemerkten die Bosheit von dem kleinen Wicht, sie senkten ihre Hörner, um ihn aufzuspießen. Jedenfalls taten sie so. Der Barstucke floh kreischend zu seinem Felsen und verkroch sich darunter.

Mir erschien es wie eine Ewigkeit, aber endlich rauschte der Holunder wieder. Lauma und Puschkaytis traten hervor, und schlenderten in meine Richtung. Ich wünschte, sie würden schneller laufen, denn eine Schlingwurzel legte sich bereits um meinen Hals.

Endlich standen beide vor mir. „Nun, willst du uns jetzt sagen, warum du das Bernsteinherz von Kastytis haben willst?" Ich konnte nur noch etwas nicken und ein gequältes „Ja" herausbringen. Im selben Moment fielen alle Wurzeln, Zweige und Blätter von mir ab, und ich fasste an meine Kehle. Ich war wieder frei, doch für wie lange?

Puschkaytis und Lauma forderten mich auf, ihnen zu folgen. Wir gingen an den Strand der Ostsee, gefolgt von Marah und Rusche.

Dort setzten wir uns in den Sand, denn unter den Felssteinen, egal wie groß sie waren, wohnten ein Troll, ein Markopole oder ein Barstucke, die nicht gestört werden wollten.

„Nun?", fragte Puschkaytis, „Was hast du uns zu sagen?"

Und ich berichtete ihm und Lauma alles, was ich erlebt hatte und was ich wusste, in der Hoffnung, dass sie mir vielleicht doch helfen würden, statt meine Mission scheitern zu lassen.

37.

Nachdem ich meine Erzählung beendet hatte, schauten sich Puschkaytis und Lauma vielsagend an. Dann erhoben sie sich und gingen ein Stück fort. Sie steckten tuschelnd ihre Köpfe zusammen, und wandten sich wieder mir zu.

„Wir glauben dir, Enayrah. Doch das Herz ist nicht einfach zu erlangen. Es ist bei Jurate und wird von den Katzenhaien bewacht. Aber auch alle anderen Meeresbewohner sind auf ihrer Seite und werden für sie das Bernsteinherz von Kastytis verteidigen."

Das hielt ich für eine gute und eine schlechte Nachricht. Die gute war, dass ich nun wusste, wo sich das Herz aus Bernstein befand, die schlechte war, dass ich Jurate bitten musste, es mir zu überlassen.

„Puschkaytis und Lauma, könnt ihr mir denn sagen, wo ich Jurate finden kann?" Hoffnungsvoll sah ich die beiden an. „Auf der Halbinsel Hela wirst du sie an einer langen Kette finden. Sie sitzt auf einem Felsen, aber sie kann auch ein wenig schwimmen, soweit es ihre Kette gestattet."

Mehr wollte ich nicht wissen, aber nach dem Weg erkundigte ich mich noch. Ich bedankte mich bei den beiden, packte meine Sachen zusammen, belud Rusche und setzte mich auf Marahs Rücken. Sie galoppierten am Strand an und nach zwanzig Galoppsprüngen hoben wir ab. Es ging in Richtung der Halbinsel Hela!

Lange mussten wir nicht fliegen, denn Hela war nicht sehr weit. Nach wenigen Stunden sahen wir die Halbinsel und setzten zu Landung an.

Wir liefen durch den Sand an einigen Krüppelkiefern vorbei, und kamen an eine kleine Bucht mit einem Felsen. Hier musste es sein, wo Jurate angekettet war.

Ich näherte mich behutsam dem Felsbrocken, dann sah ich sie.

Jurate kauerte am Strand. Ihren Kopf hielt sie gesenkt, sie seufzte, dann schaute sie über das Meer.

„Jurate", rief ich behutsam, um sie in ihrer Einsamkeit nicht zu sehr zu erschrecken. „Jurate, ich bin es, Enayrah."

Jurate aber blieb wie erstarrt sitzen. Es musste eine Ewigkeit her sein, dass sie eine menschliche Stimme gehört hatte.

Ich näherte mich ihr langsam „Jurate, bitte erschrick nicht. Ich komme von Puschkaytis und Lauma." Da wandte sie mir ihr schönes Gesicht zu, in dem aber deutlich ihre Trauer zu sehen war.

„Puschkaytis und Lauma", sagte sie leise, fast andächtig „die beiden dürfen wenigstens glücklich sein", und sie begann zu schluchzen, wobei ihre Schultern bebten.

Nun trat ich an sie heran, und nahm sie tröstend in die Arme. Dabei bemerkte ich einen Haufen von Bernstein zu ihren Füssen, alles geweinte Tränen. Kastytis' Bernsteinherz hielt sie in ihrer rechten Hand und drückte es an ihre Brust. Wie konnte ich es nur über mich bringen, sie um ihren Schatz zu bitten? Andererseits hatte ich keine Wahl. Ich wartete, bis Jurate sich wieder gefasst hatte.

Nun sah ich auch die lange Kette, mit der sie an ihrer linken Hand an dem Felsen festgemacht war. Welch eine grausame Strafe für die Liebe, die sie zu Kastytis empfunden hatte!

38

„Jurate, ich bin aus einem bestimmten Grund hier." Sie sah mich mit einem offenen Blick an und mir wurde klar, dass ich ihr die ganze Geschichte erzählen musste.

Doch es war mir unerträglich, sie angekettet zu sehen. Ich wollte sie vorher von dem Eisen befreien. Darum rief ich Rusche herbei, und holte aus meinem Rucksack meinen Wünschebecher und den Wein hervor. Ich füllte den Becher und sprach meinen Wunsch aus, während ich den Becher an meinem Mund ansetzte. Kaum hatte ich einen Schluck getrunken, war Jurates Kette verschwunden.

Verwundert sah sie ihr befreites Handgelenk an, legte das Bernsteinherz in ihren Schoss und rieb sich mit der anderen Hand ihr Handgelenk. Dann schaute sie mich fast ungläubig aber dankbar an.

„Jurate", begann ich stockend und verlegen, „lass mich den Grund meines Besuches erklären", und ich begann meine Geschichte vor ihr auszubreiten. Als ich ihr von Perkunos berichtete, überfiel sie ein Schauer des Entsetzens. „Er ist mein Vater, er hat mir das angetan. Er tötete die Liebe meines Lebens, nur weil Kastytis ein Sterblicher war und ich nicht, ich bin als Meeresgöttin unsterblich."

„Dann wollte dein eigener Vater dich für alle Zeiten angekettet wissen?" Wie grausam konnte er nur sein! Ich war fassungslos.

„Ja, er hat die Macht dazu, er hat Macht über alles und jeden, und alle fürchten ihn." Dabei strich sie zärtlich mit einem Finger über das Bernsteinherz. „Enayrah, dieses Herz ist alles, was ich noch habe, ich kann es dir nicht geben." Ich merkte, wie sich Jurate quälte und war ratlos. Ich wollte auch nicht mehr daran denken, und darum schlug ich einen Spaziergang vor, einfach, um auf andere Gedanken zu kommen. Auch Jurate würde es genießen, endlich einmal weiter gehen zu können, als es ihre Kette vorher erlaubt hatte.

Marah und Rusche begleiteten uns, und Jurate streichelte sie. Nie zuvor hatte sie Hippopegasi gesehen und war beeindruckt.

Ich bot ihr einen kleinen Rundflug auf Rusche an, aber die Luft war nicht ihr eigentliches Element, sie lebte meistens im Wasser, manchmal an Land, gezwungenermaßen, weil sie ja bisher angekettet war, nur mit viel weniger Wasserkontakt, als ihr gut tat. Darum lehnte sie mein Angebot ab, und ich verstand sie gut.

39.

„Weißt du, Enayrah, ich begreife nicht, wie ein Vater mit seiner Tochter so umgehen kann." Fatme ist entsetzt.

Ich weiß, sie denkt jetzt an ihre eigene Familie, der sie entrissen wurde. „Ich habe Sehnsucht nach meinen Eltern." Bei diesen Worten bedeckt sie ihre Augen mit den Händen. „Sie haben stets versucht, mich zu beschützen." Sie seufzt.

Fatmes Familie ist aber tot, es gibt kein Zurück mehr, das weiß sie auch. Sie lebt nur noch in Fatmes Erinnerung.

Sie tut mir leid, ist sie mir doch in den Jahren eine liebe und treue Freundin geworden.

Ich warte noch eine Weile, während jeder seinen Gedanken nachhängt, dann mache ich ihr den Vorschlag, zu den Hühnern zu gehen. Eine Henne brütet, vielleicht kommen schon Küken, an der Zeit ist es ja.

Wir gehen zum Hühnerstall, und tatsächlich, ein Küken wärmt sich schon unter dem Gefieder der Glucke, während ein anderes Küken die Eierschale mit seinem Eizahn aufzubrechen versucht. Wir beobachten die Anstrengung des neuen kleinen Erdenbürgers, und müssen lächeln. Es ist erstaunlich, welche Kraft dieses kleine Geschöpf schon entwickeln kann. Es ist wie ein kleines Wunder.

Wir bleiben noch eine Weile, schauen der kleinen geflügelten Familie zu, bis wir erfüllt von den schönen Eindrücken wieder ins Haus gehen.

Mein Ziel, Fatme auf andere, weniger traurige Gedanken zu bringen, habe ich erreicht.

40.

Es war Nacht, die Luft stickig und heiß. Jurate schlief bei ihrem Felsen, die jahrelange Gewohnheit konnte sie noch nicht abschütteln, und so blieben wir auch zur

Nacht in ihrer Nähe. Sie lag halb im Wasser, halb auf dem Strand.

Ich war sehr aufgewühlt von Jurates Schicksal, dazu die schwüle Luft, und konnte einfach nicht schlafen.

Es war Vollmond und man konnte weit sehen. Nur ab und zu schoben sich Wolken vor, dann tauchten die Bäume und Sträucher in die Dunkelheit der Nacht ein, bis sich die Wolken wieder verzogen.

Die blaugraue Nacht mit silbernen Streifen auf der Ostsee, die die Schaumkronen der Wellen verursachten, war für mich ein seltenes Schauspiel, welches ich genoss, wenn ich schon nicht schlafen konnte.

In der Ferne brachen Elche aus dem Wald, sie ästen, um dann durch das Wasser auf das Festland zu schwimmen. Es waren imponierende Tiere, die gemächlich ihrer Wege zogen.

Ein Nachzügler hatte sich verspätet, er musste sich beeilen, wenn er noch seine Elchfamilie erreichen wollte. Langsam kam er näher, ich sah genauer hin, nein, das war kein Elch!

Gebannt beobachtete ich die Kreatur, es war auch kein Wolf, auch kein Hirsch, Reh oder Wildschwein. Langsam wurde ich unruhig, die Neugierde überwog allerdings. Dann erkannte ich einen gebückt laufenden Mann. Was kann ein Mann nachts hier wollen?

Er kam näher und näher. Ich weckte Rusche und Marah auf, gebot ihnen ganz leise zu sein, und gemeinsam beobachteten wir die düstere Gestalt. Sie näherte sich der schlafenden Jurate.

In dem Moment wollten wir herbeilaufen, und sie beschützen, doch wir konnten uns plötzlich nicht mehr bewegen. Ich versuchte, Jurate zu rufen, zu warnen, aber hatte plötzlich auch keine Stimme mehr. Ich war erstarrt, wie von einem Zauber, und meinen Hippopegasi erging es genauso.

Der Mann beugte sich über Jurate, und dann sah ich, wie er ihr Bernsteinherz entwendete! Als er es in seinen Händen hielt, richtete er sich kurz auf, und schaute in unsere Richtung.

Wenn ich mich später daran erinnerte, saß der Schreck immer noch in meinen Gliedern. Der Mann war niemand anderes, als Perkunos!

Er steckte das Bernsteinherz ein, und verschwand genauso, wie er gekommen war, nur mit dem Unterschied, dass Blitze aufzuckten, und es wenig später zu donnern anfing. Das Gewitter wuchs sich zu einem schrecklichen Unwetter aus. Das war es, was uns der Herrscher über Blitz und Donner hinterließ, ein Unwetter, wie es wohl schlimmer kaum sein konnte.

41.

Jurate wachte auf, und automatisch griff sie nach dem Bernsteinherz. Es war fort, und sie sprang entsetzt auf. Sie sah sich aufgeregt um, aber natürlich war Perkunos längst über alle Berge. Sie sah mit weit aufgerissenen Augen zu uns herüber.

Ich versuchte zu sprechen, und tatsächlich, es gelang wieder. Also erzählte ich ihr, was ich beobachtet hatte.

Wenn Jurate bislang sehr blass ausgesehen hatte, wurde sie jetzt weiß, wie die Schaumkronen auf den Wellen. Sie tat mir unendlich leid.

„Jurate", sagte ich, „ich werde nach Romowe fliegen, und Kastytis' Herz für dich wiederholen." Dann sprach ich mit Marah und Rusche. Wir verabredeten, dass Rusche bei Jurate bleiben sollte, damit sie sich nicht wieder so verlassen fühlte und Schutz hatte.

Danach durchsuchte ich gründlich meine Rucksäcke, denn ich wollte nur das Nötigste mitnehmen. Ganz tief unten in dem einen Rucksack war noch eine eingewebte Tasche, die ich eigentlich vergessen hatte. Es fiel mir wie Schuppen von den Augen, darin hatte ich damals den Kelch von Hypnos versteckt, der sich nicht ausleeren ließ, und der mich betäuben sollte. Persephone riet mir damals, ihn mitzunehmen. Eines Tages würde er mir nützlich sein. Nun, dieser Tag schien gekommen zu sein.

Ich packte meine ausgewählten Gegenstände in ein Tuch, den Wünschebecher, Hypnos' Kelch, das Tuch, welches unsichtbar macht, meinen Wein, Brot, Käse und Wurst. Dann verknotete ich die Ecken miteinander, und rief Marah herbei.

Ich versprach, so schnell wie möglich hierher zurückzukehren und Rusche sollte zusammen mit Jurate auf unsere Rückkehr warten.

Marah nahm zwanzig Galoppsprünge Anlauf, dann erhob sie sich in die Lüfte, und wir nahmen Kurs auf Romowe zum Heiligtum von Perkunos und den anderen Göttern an seiner Seite.

42.

Wir hatten gutes Flugwetter und leichten Rückenwind. So kamen wir noch am selben Tag in Romowe an. Wir landeten am Ufer des Sees, wo wir bereits zuvor gewesen waren.

Ich ritt durch den Wald auf Romowe zu, schon konnte ich das Feuer riechen und hörte auch bereits das Knacken von brennendem Holz.

Ich saß ab und ging die letzten Meter zu Fuß, Marah an meiner Seite. Respektvoll näherten wir uns dem großen Feuer und stellten uns links und rechts davon auf. Ich wartete. Es verging eine halbe Stunde, bevor irgendetwas geschah. Plötzlich stieg Rauch auf, und hüllte die alte Eiche ein. Wir konnten sie kaum mehr erkennen. Nach einer Weile lichtete sich der Rauch wieder, und die Gesichter von Perkunos, Patrimpe und Pekellos erschienen.

„Was führt dich her, Enayrah?", fragte mich Perkunos. „Du hattest mir doch gesagt, dass ihr nachdenken wolltet, wie ihr mir helfen könnt. Die Djinnyjah hatten uns den Bernstein gestohlen, den du meinem Vorfahren geschenkt hattest. Ohne ihn wird das Schlechte und Böse überhand nehmen."

Perkunos schielte zu Patrimpe dann zu Pekellos. Ich merkte, er traute mir nicht. Er hatte mich vergangene Nacht erkannt, und wusste, was ich wusste.

Perkunos hob seinen rechten Arm, und schleuderte Blitze auf mich, die links, rechts und vor mir in den Boden zischten. Dann lachten er und seine Mitgötter hämisch.

Marah und ich zogen uns erschrocken zurück und ich gebe zu, wir flohen regelrecht in den Wald.

Als wir genügend Abstand zu den Göttern zu haben glaubten, hielten wir atemlos an. Marah und ich mussten uns erst einmal wieder sammeln und überlegen, was wir tun konnten. Wir mussten unbemerkt an die drei Götter herankommen, um das Bernsteinherz zu entwenden.

„Du hast doch das Tuch, das unsichtbar macht", meinte Marah, und so war es. Wir mussten in jedem Falle an Perkunos herankommen, und das ging nur unsichtbar.

Marah und ich warteten bis zum Abend, ich band mir das Tuch fest um meinen Hals, vergewisserte mich, dass es sich nicht lösen konnte, dann saß ich auf. Durch den Kontakt zu mir wurde Marah auch unsichtbar, ich musste nur auf ihrem Rücken sitzen oder sie anfassen.

Vorsichtig ritt ich zurück nach Romowe.

43.

Wir erreichten die alte Eiche, und ich untersuchte die Stellen, an denen die Götter sichtbar wurden. Zu meinem großen Erstaunen befanden sich dort Türen, die ich vorher nicht bemerkt hatte. Ich stieß vorsichtig die mittlere von Marahs Rücken aus auf, vor der ich Perkunos gesehen hatte, und wir traten ein.

Vor uns tat sich ein großer Saal auf, alles aus Holz und Wurzelwerk. In einer Ecke des Saales sahen wir Perkunos auf einer mit etlichen Fellen belegten Bank sitzen, der sich angeregt mit Patrimpe und Pekellos unterhielt. Vor sich hatten die Götter Kelche stehen, aus denen sie kräftig dem Wein zusprachen.

In einer Kiste neben sich fütterte Perkunos eine Schlange mit Milch. „Da, sollst es auch gut haben", dann lachte dröhnend.

Als Tisch diente den Göttern ein mächtiger Baumstamm, auf dem auch noch verschiedene Speisen verteilt waren. Patrimpe als der jüngste der Götter, schenkte die Kelche immer wieder voll, und es dauerte nicht allzu lange und alle drei waren mächtig beschwipst. Pekellos wurde sehr ärgerlich, er beschimpfte Patrimpe, weil er so untätig war, schließlich sei er der Kriegsgott. Er, Pekellos, habe gar nichts zu tun als Gott des Todes, niemand stirbt, beklagte er.

Ich schaute mich sorgfältig um, in der Hoffnung, das Bernsteinherz zu finden, und tatsächlich, es lag vor Perkunos auf dem Baumtisch vor aller Augen!

Marah und ich warteten noch eine Weile, dann schlich sich Marah langsam an den Tisch heran. Das war sehr schwierig, weil ihre Hufe auf dem Boden klappern könnten, doch zum Glück war der Boden sehr weich.

Ich wartete auf ihrem Rücken in der Nähe des Tisches auf eine günstige Gelegenheit, Perkunos' Becher zu entwenden, und dafür den von Hypnos aufzustellen. Ich musste bald handeln, auch auf die Gefahr hin, dass die drei etwas merken könnten. Und dann tauschte ich die Becher mit klopfendem Herzen aus. Mir war, als würden die drei mein Herz schlagen hören, doch zum Glück geschah nichts, sie schienen nichts gemerkt zu haben.

Marah und ich zogen uns rückwärtsgehend ganz langsam und behutsam zurück, und warteten.

Die drei waren kurz eingenickt, um plötzlich hochzuschrecken. Ich befürchtete schon, dass sie etwas bemerkt haben könnten. Doch dann griffen sie wieder zu ihren Kelchen, Patrimpe schwärmte von dem nächsten Krieg, den er anzetteln wollte, und darauf trank ihm Pekellos erwartungsfroh zu.

Perkunos hielt Hypnos' Becher in der Hand, setzte zum Trunk an, doch dann hielt er inne. „Und ich werde eure Schlacht mit Donner und Blitz begleiten. Das wird ein Spaß!", sprach es und nahm einen großen Schluck. Kaum hatte er den Kelch abgestellt und laut gerülpst, fiel er auch schon in einen tiefen Schlaf.

Patrimpe hingegen erhob sich mühsam, um noch einmal seinen und Pekellos' Kelch zu füllen. Das gelang ihm kaum, er kippte die Hälfte daneben, dann ließ er sich auf seinen Platz plumpsen. „Prost, alter Freund und Haudegen", rief er Pekellos zu, „auf eine reiche Ernte!" Über den schlafenden Perkunos hinweg stießen sie mit schwappendem Wein an und leerten ihre Kelche. Dann glitten auch sie in einen weinseligen Schlaf.

Darauf hatten wir gewartet. Genauso vorsichtig, wie zuvor schlich sich Marah an den Tisch heran, und ich ergriff das Bernsteinherz. Nun hieß es nur noch raus hier. Marah ging vorsichtig rückwärts, und als sie mehr Platz hatte, drehte sich mein Ross um. Dabei fegte sie aus Versehen mit ihrem Schweif die Kelche um, und Pekellos erwachte.

44.

Wir erstarrten in unserer Bewegung, trauten uns kaum zu atmen als Pekellos rief, „Pass doch besser auf Patrimpe. Wenn du nicht so viel verträgst, trink halt weniger!", und schon versank er wieder in seinem Rausch.

Wir warteten noch einen Moment, ich griff vorsichtig nach Hypnos' Kelch, dann schlichen wir zum Ausgang. Mit einem Blick zurück versicherte ich mich, dass die drei schliefen, und wir traten hinaus.

Wie erleichtert wir waren! Marah fiel in Galopp, machte einen Bogen um das Feuer, und ab ging es über die Lichtung in den Wald zu dem See, den wir ja kannten. Dort nahm Marah Anlauf und erhob sich in die Lüfte.

Ohne eine Pause zu machen, flogen wir selbst in der nun herrschenden Dunkelheit weiter. Wir wollten so schnell und so viel wie möglich Abstand zwischen Romowe und uns bringen.

Der Vollmond gewährte uns genügend Licht, sodass wir, ohne uns zu verfliegen, die richtige Route fanden.

Der Morgen graute bereits, als wir unter uns die Halbinsel Hela sahen. Wir schauten hinunter, um den richtigen Landeplatz zu finden, als wir Begleitung bekamen. Erst dachte ich, es wären Möwen, doch dann erkannte ich eine Elster. Wenig später gesellte sich eine Krähe hinzu. Und plötzlich kamen sie von allen Seiten, Krähen und Elstern. Der Himmel wurde fast schwarz von ihnen. Sie trauten sich immer näher an uns heran, und ich konnte ihre tückischen Augen sehen.

Ich wusste sofort, wer sie waren, und wer sie geschickt hatte, die Djinnyjah. Doch mir war es ein Rätsel, wie sie uns so schnell gefunden hatten, und woher sie von unserer Mission gerade hier und zu diesem Zeitpunkt wussten. Entweder konnten die Djinnyjah hellsehen, oder es gab einen Spion, doch wer konnte das sein?

Die unerwünschten Vögel versuchten, unsere Landung zu verhindern, und uns auf das offene Meer abzudrängen. Marah hatte wirkliche Mühe, ihren Kurs zu halten, es gelang ihr nicht immer, und ihre Kräfte waren auch nicht unendlich, schon gar nicht nach dieser kräftezehrenden Reise.

Unsere Not blieb nicht unentdeckt, und mit Erleichterung sah ich Rusche aufsteigen, der uns zu Hilfe eilte. Er war ausgeruht und flog mit großer Geschwindigkeit in den Vogelschwarm hinein. Er spießte eine Krähe und eine Elster auf. Das hielt die anderen Vögel auf Abstand, und so konnten Marah und ich doch letztendlich auf Hela landen.

Doch auf Hela wartete eine böse Überraschung auf uns. Perkunos war dort, und sein Gesicht war furchteinflößender und zorniger denn je.

45.

Wir hatten kaum den Boden berührt, als Perkunos bereits Blitze schickte, die wie ein flammendes Gitter um uns herum grell aufleuchteten. Ohrenbetäubender Donner vollendete das uns zugedachte Inferno.

Es schien kein Ende nehmen zu wollen, doch dann war plötzlich Stille. Uns dröhnten noch die Köpfe und wir waren immer noch geblendet, als Perkunos mit drohender, tiefer Stimme sprach: „Enayrah, jetzt wirst du Jurates Platz einnehmen. Das soll dir eine Lehre sein, dich gegen mich aufzulehnen!"

Doch bevor Perkunos mich verdammen konnte, raffte ich schnell mein Tuch, welches mich unsichtbar machte, aus meinem Bündel, und band es mir um den Hals. Dann ergriff ich meinen Wünschebecher, tauchte ihn in die Ostsee ein und wünschte mir, dass Perkunos mich nicht anketten konnte. Dann trank ich ein Schlückchen von dem salzigen Wasser.

Ich musste husten, fast wäre ich an dem Salzwasser erstickt, und so konnte Perkunos hören, wo ich mich befand. Er wandte sich mir zu.

Ich hatte mich nach kurzer Zeit wieder unter Kontrolle, und entschied, mein Tuch wieder abzunehmen, und stellte mich Perkunos. „Perkunos, wir müssen uns unterhalten!", dabei sah ich ihm direkt und offen in die Augen und in sein wutverzerrtes Gesicht. Das überraschte ihn offensichtlich, denn seine Wut wandelte sich in Erstaunen um. Er war es gewohnt, zu herrschen und gefürchtet zu werden. Dass jemand sich ihm entgegenstellte, hatte er vermutlich noch nie erlebt.

Im Nachhinein glaube ich, dass er auf meinen Vorschlag einging, weil der Zauber meines Wünschebechers seinem gegen mich ausgesprochenen Fluch überlegen war, und er sich keine Blöße geben wollte.

Er signalisierte nach einigen Minuten eine gewisse Gesprächsbereitschaft, und ich ließ ihn entscheiden. Er sollte nicht das Gefühl haben, dass ich an seiner Würde kratzen wollte.

Nach einer Weile ließ er sich mit einer großsprecherischen Geste auf einem Stein nieder, und bedeutete mir, mich in seiner Nähe auf einen kleineren zu setzen. Ich folgte seiner Anweisung und wartete, bis er das Wort ergriff.

„Rede, Enayrah, was willst du?" Perkunos sah mich grimmig an.

„Ich möchte dich bitten, Jurate frei zu lassen, und ihr das Bernsteinherz von Kastytis zu lassen."

Perkunos sah mich nachdenklich an, dann sagte er: „Meine Tochter war lange genug bestraft, ich lasse sie frei. Aber das Bernsteinherz von Kastytis kann ich ihr nicht geben!"

„Hast du denn nicht bemerkt, Perkunos, dass ich es längst habe?", fragte ich ihn.

Da lachte er. „Du glaubst, dass du es hast, aber du hast es nicht." Nun schüttete er sich aus vor Lachen „du hast einen Bernstein in der Form eines Herzens, aber es ist nicht Kastytis' Herz."

46.

Das war ein Schock! All die Mühe umsonst, all die Gefahren für nichts überstanden. Verzweiflung machte sich in mir breit. Was soll nur werden, woher bekomme ich einen Ersatz für den Bernstein, den die Djinnyjah geraubt und verbrannt hatten. Was sollte nur aus dem Frieden und den guten Ernten werden, wenn ich keinen Ersatz bekam? Hungersnöte würden wegen ständiger Unwetter ausbrechen, und die Menschen würden einander mit Kriegen überziehen, um an Nahrung heranzukommen. Diese Vorstellung war einfach furchtbar.

Da trat Jurate an Perkunos heran. „Bitte, Vater, ich habe so unendlich viele Jahre für meine Liebe zu Kastytis gebüßt, bitte lass Milde walten und gib mir Kastytis' Herz zurück."

Da schlug Perkunos wütend mit seiner Faust auf seinen Oberschenkel und schrie herrisch mit seiner tiefen Stimme: „Nein, ich habe es bereits gesagt!"

In mir erwachte nun der Trotz. Gott hin oder her, woher nahm dieser Mann das Recht, dermaßen in das Leben anderer Menschen, Halbgötter oder Götter einzugreifen? Mit Drohungen oder Beschimpfungen würde ich nicht weiter kommen, das war mir klar. Also musste eine andere Strategie her. Ich riss mich zusammen, und entschied mich, ihm zu schmeicheln und an seine Jugendzeit zu erinnern, auch, wenn ich sie nicht kannte, aber ich spielte auf gut Glück.

„Perkunos, einen Gott und Herrscher zeichnen Mut und Edelmut aus, und ich bin sicher, dass beides eng mit dir verbunden ist", erwartungsvoll sah ich ihn an. Er zog verächtlich einen Mundwinkel nach unten. Mut hatte er allemal, aber war er denn auch edelmütig?

„Nun ja", entgegnete er. Dabei strich er nachdenklich über seinen gelockten schwarzen Bart, und versuchte sich an eine edelmütige Tat zu erinnern. „Du hast meine

203

Mutter geliebt", rief Jurate in der Hoffnung, dass das auch stimmen würde.

„Deine Mutter?" brauste er plötzlich auf, und ich befürchtete schon das Schlimmste. Doch dann sank Perkunos auf seinem Stein zusammen. „Ja, ich habe sie geliebt, aber sie ist mit einem Fischer durchgebrannt, mit einem sterblichen Fischer!"

Zum ersten Mal sah ich so etwas, wie eine menschliche Regung in Perkunos' Gesicht, ich las Trauer und Schmerz in seinen Gesichtszügen. Da war mir auf einmal klar, warum sein Hass auf Fischer so groß war, dass er seine eigene Tochter an einen Felsen gekettet hatte.

Ich ging langsam auf Perkunos zu, und nahm seine Hand. Jurate kam von der anderen Seite, und nahm seine andere Hand. Schweigend hielten wir sie fest, und streichelten sie.

Perkunos sah zum Himmel, wohl, weil er feuchte Augen bekam, und Tränen verhindern wollte. Diese Schwäche wollte er nicht zugeben. „Ich werde Okopirn bestrafen, für den Wind, der meine Augen reizt!", erklärte er wenig überzeugend. Wir hingegen taten so, als ob wir wirklich an den Wind glaubten.

„Bitte, Vater, gibt mir Kastytis' Herz zurück, ich flehe dich an", bettelte nun Jurate. „Du hast doch auch die Liebe kennen gelernt." Doch Perkunos' Antwort war und blieb Nein.

47.

Es musste doch einen anderen Grund für Perkunos' strikte Ablehnung geben, überlegte ich mir. Ich merkte ja, dass unter seiner rauen Schale irgendwo in einer Ecke doch ein kleiner weicher Kern schlummerte. Dazu passte sein schroffes Aufbrausen eben nicht.

„Perkunos, darf ich dich etwas fragen?", ich sah ihn an, und er merkte auf. „Was willst du wissen?" „Du hast Gnade walten lassen, und Jurate nicht mehr angekettet. Warum willst du ihr denn nicht das Bernsteinherz von Kastytis geben? Du musst dafür doch einen triftigen Grund haben?", fragte ich ihn.

Perkunos schaute über unsere Köpfe hinweg über die Ostsee in die Ferne, dann begann er zu sprechen.

„Ich habe tatsächlich ihre Mutter einmal sehr geliebt, aber sie hat mir mein Herz gebrochen, und so wurde ich, wie ich heute bin. Als meine Tochter dann den gleichen Weg einschlug, habe ich mich an ihre Mutter erinnert, alte Wunden brachen wieder auf. Darum habe ich Kastytis dahin geschickt, wo er hin gehört, zu seinen Fischen!"

„Was willst du damit sagen, Perkunos, du hast ihn zu seinen Fischen geschickt?" Seine Aussage wunderte mich, und ich wollte genaues wissen.

„Wie ich es gesagt habe, er lebt jetzt bei seinen Fischen."

„Soll das heißen, er ist gar nicht tot?" „Genau das soll es heißen, darum kann ich Jurate auch nicht sein Herz geben."

Das waren aber Neuigkeiten! Die musste ich erst einmal verdauen. Dann hat Jurate all die vielen Jahre ganz umsonst getrauert und gelitten.

„Aber wo ist er denn, wo ist er jetzt?" Die Frage brannte mir auf der Zunge. „Er lebt in der Ostsee bei seinen Fischen, und ich habe ihm eine unerfüllbare Liebe eingepflanzt, nur weiß er nicht mehr, wen er eigentlich liebt." Nach diesem Geständnis huschte ein schadenfrohes Grinsen über Perkunos' Gesicht.

„Perkunos, bitte sage mir, wo wir ihn finden können." „Ich kann ihn herrufen, aber er wird Jurate nicht mehr erkennen und sie ihn auch nicht mehr." Bei diesen Worten lachte er dröhnend.

Jurate hatte alles mit angehört, und sie war einer Ohnmacht nahe. Das alles wurde langsam zu viel für sie. Kreidebleich setzte sie sich hin.

„Ihr wollt Kastytis kommen lassen? Gut. Ich werde ihn herrufen." Perkunos konzentrierte sich, sandte seine Gedanken zu Kastytis, und befahl ihn her.

Auf der spiegelglatten Ostsee begannen sich Wellen zu kräuseln, so, als ob etwas unterhalb und an der Wasseroberfläche schwimmt und auf das Land zukommt. Die Bugwelle wurde immer höher, näherte sich dem Ufer, und dann tauchte ein Wesen aus dem Wasser auf.

Ich konnte nicht glauben, was ich jetzt sah!

48

Ein gewaltiger Kopf schob sich aus den Wellen, der Bart und die Haare waren aus Seetang. Die Hände erinnerten an Seesterne und die Fingernägel an Muscheln, es war Bangputtys!

Dieser furchteinflößende Halbgott des Meeres soll der junge schöne Fischer gewesen sein, den Jurate so liebte? Bangputtys stand mit hängenden Armen am Ufer, er wusste nicht, was er sollte und was man von ihm wollte.

„Was soll das, Perkunos?", fragte ich ihn, Jurate lag inzwischen im Sand und hielt sich ihren Kopf.

„Verflucht seien die Weissagungen!", schimpfte Perkunos. „Ich wusste, dass du eines Tages kommen, und Jurate befreien würdest. Darum habe ich ihren Fischerknaben hässlich gemacht, dafür aber zu einem Halbgott, wie sie eine Halbgöttin ist. Sollen sie doch machen, was sie wollen."

„Und hast du nicht etwas vergessen?", fragte ich. „Du willst Bangputtys oder besser Kastytis doch nicht so lassen?"

„Warum nicht, er sieht doch gut aus!" Perkunos nahm sich alle Zeit und genoss förmlich unsere Fassungslosigkeit. Dann ging alles sehr schnell. Er befreite Bangputtys von seinem abstoßenden Äußeren und gab ihm seine Erinnerung zurück.

Nun stand in den Wellen ein bildschöner junger Mann, der an das Ufer trat, und sich Jurate zuwandte. Beide lagen sich schluchzend in den Armen, überwältigt von der Wiedersehensfreude.

„Danke, Perkunos", ich war gerührt, das gebe ich ehrlich zu. „Nun habe ich noch eine letzte große Bitte an dich. Gib mit einen Bernstein, der den alten mit seinem Zauber ersetzen kann."

„Den kannst du gerne haben, aber ich möchte dafür auch etwas von dir."

„Was möchtest du denn von mir haben?" Mir fiel nichts ein, was mir gehört und für Perkunos von Bedeutung sein könnte.

„Du hast da einen Holzsplitter in deinem Rucksack, gib ihn her."

Er wollte den Splitter von dem kleinen Zauberbesen haben, von unserem kleinen Freund, der so schrecklich um sein Leben kam, den Giltine ins Feuer geworfen hatte. Ich stand nun vor der Wahl, ein Stückchen von ihm als Erinnerung zu behalten, dafür nicht den Bernstein zu bekommen oder mich von dem kleinen Holz zu trennen, dafür aber daheim der goldenen Zauberkugel den Bernstein wieder einfügen zu können.

Ich hatte keine andere Wahl, so schwer es mir auch fiel. Ich holte den Holzspan und überreichte ihn Perkunos. Dafür erhielt ich den heiß ersehnten Bernstein, auch mit einer Zecke darin eingeschlossen.

Perkunos steckte das Holzstückchen ein, dann pfiff er laut und eindringlich. Im selben Moment wurde der Schweif von Rusche durcheinander gewirbelt, und kleine Fledermäuse krochen hervor. Sie waren so klein und leicht, dass mein Hippopegasus sie nicht bemerken konnte. Sie waren die Spione, die Laumene in den Schweif meines Rosses hineingezaubert hatte! Sie brachten Perkunos mit Hilfe ihrer Schallwellen auf unsere Fährte, so war er immer im Bilde, wo sich Rusche befand, also auch ich!

Wir waren erleichtert, diese Spione nun los zu sein und zugleich erschrocken, dass sie sich so lange bei uns halten konnten.

„OKOPIRN!" Perkunos brüllte mit donnernder Stimme nach dem Gott der Winde. Er befahl ihm, ihn nach Romowe zu tragen und wir hörten gerade noch, wie er ihn beschimpfte, dass er in seine Augen geweht habe. Dann verschwand er mit Blitzen und Donner aus unseren Augen.

49.

Wie benommen blieben wir zurück. Jurate und Kastytis hielten sich sprachlos bei den Händen, sie konnten die Wendung ihres Schicksals einfach nicht fassen. Meine Rösser waren froh, dass sich unser Abenteuer dem Ende zuneigte, denn sie wollten auch gerne wieder nach Singastein.

Wir beschlossen, nach dieser Aufregung unsere Heimreise langsam angehen zu lassen, und blieben noch ein paar herrliche Tage auf Hela.

Die beiden Verliebten machten Zukunftspläne, sie würden ihr Bernsteinschloss in der Ostsee wieder aufbauen, und bis an das Ende ihrer Tage glücklich zusammenleben. Mein Versprechen, dem in Melletele unglücklich verliebten Bangputtys bei der Lösung seines Problems zu helfen, hatte sich jetzt erübrigt.

Nach ein paar Tagen entschlossen wir uns, am darauffolgenden Morgen aufzubrechen, und die Heimreise anzutreten. Wir saßen alle beieinander, mit einem Kloß im Hals, weil wir uns lieb gewonnen hatten und bald trennen mussten.

In diese Stimmung hinein hörte ich ein leichtes Zischen, es war ein Geräusch, als ob etwas durch die Luft fliegt. Dann kam noch ein zweites Geräusch hinzu, es war ein dünnes Stimmchen, das rief „Da seid ihr ja endlich, ich habe euch schon lange genug gesucht!"

Der kleine Zauberbesen! Das konnte doch nicht sein, er war verbrannt!

„Da staunst du, was? Perkunos hat mich in Schlangenmilch gebadet, einen Zauber gesprochen, und da bin ich wieder aus dem Splitter neu gewachsen." Dabei flog er eine kleine Spirale, damit wir ihn von allen Seiten bewundern konnten.

Ich muss sagen, unser Glück war nun fast vollkommen.

Am nächsten Morgen reisten wir ab und flogen in Richtung Westen. Auf der Insel Zingst machten wir noch eine kleine Zwischenlandung. Marah und Rusche war es sehr angenehm, weil Melletele besonders leckere Weiden hatte, wo sich meine beiden Rösser ihre Bäuche vollschlagen konnten.

Melletele freute sich, mich wiederzusehen, und ich berichtete ihr unter ihrem Rosenbaldachin alles, was wir auf unserer letzten Reise erlebt hatten.

Sie freute sich für Bangputtys, dessen Werben sie nun nicht mehr ablehnen musste. Als Hochzeitsgeschenk allerdings spendierte sie für ihn und Jurate die schönsten

Wasserpflanzen, seitdem gibt es sie überhaupt in der Ostsee.

Am nächsten Tag ging unsere Reise weiter, Melletele hat uns gleich einen ganzen Rosenstrauß mitgegeben, der nicht nur die geflügelten Soldaten der Djinnyjah von uns fern hielt, er duftete auch betörend.

Bald schon konnten wir Singastein von oben erkennen und setzten zur Landung an. Meine Eltern und alle Bewohner von Singstein liefen zusammen, und abends gab es ein großes Fest. Wir waren glücklich, unsere erste Reise erfolgreich beendet zu haben.

Wir wussten, dass uns als nächstes eine Reise nach Afrika bevorstehen würde, um den geraubten Diamanten zu finden, aber daran wollten wir noch nicht denken. Wir wollten jetzt unsere Rückkehr genießen und feiern.

50.

„Siehst du, Fatme, alles ist gut ausgegangen." Ich lächle sie an. Ihre getrübte Stimmung ist wieder verflogen.

Wir schlendern zusammen zu Marah und Rusche, die uns mit einem lauten Wiehern begrüßen. „Hast du wieder von unseren Abenteuern erzählt?", fragt mich Marah. „Nur ein bisschen", erwidere ich ihr. „Ich habe von unserem Abenteuer bei den Pruzzen erzählt."

Ich tätschel Marah den Hals, und auch Rusche kommt neugierig heran. Er will wissen, worüber wir sprechen. Er ist inzwischen wirklich ein sehr stattlicher Hengst geworden, groß, kräftig und imposant. Er ist auch der Herrscher über alle Pferde in Singastein, was er sehr genießt. Nur seine Mutter Marah kritisiert ihn hin und wieder, wenn er zu sehr angibt.

Wir geben jedem einen Apfel und gehen langsam zurück zum Haus. Fatme seufzt. „Ich könnte dir immer zuhören", sagt sie, während sie auf dem Weg dorthin einen Blumenstrauß pflückt. Aslan schnüffelt an einer Blüte und muss niesen.

„Das mag sein, aber dieses Abenteuer ist nun zu Ende!" lache ich. „Es hat mir ehrlich gesagt auch gereicht. Perkunos war ganz schön anstrengend."

Romowe

Von Simon Grunau, 17. Jahrhundert

Erklärungen

Enayrah und die Reise zu den Griechen

Singastein(n), ist ein mystischer Ort der nordischen Mythologie.

Rusche, altdeutsch, bedeutet Rösslein.

Marah, altdeutsch, Kriegsross.

Pegasus, war ein geflügeltes Ross in der griechischen Mythologie.

Djinnyjah, dämonische Geister.

Andvari, Zwerg aus der nordischen Mythologie.

Atlopec, Wassergeist in der nordischen Mythologie.

Yggdrasil, Weltenbaum aus der nordischen Mythologie „Stammbaum".

Aello, Luftgeist.

Cheiron, ist ein Zentaur, Oberkörper Mann, Körper Pferd, griechische Mythologie.

Hippopegasi, geflügelte Pferde, hier zudem Einhörner.

Zeus, Poseidon, Pallas Athene, Medusa, Perseus, Poseidon, Hypnos, Hades, Persephone, Demeter, Thanatos, Pallas Athene, Medusa, Götter und Halbgötter in der griechischen Mythologie.

Erklärungen

Enayrah und die Reise zu den Pruzzen

Pruzzen, baltisches Volk wie Esten, Letten und Littauer, ansässig im späteren Ostpreußen und nordöstlich davon.

Melletele, pruzzische Göttin der Blumen und Gärten.

Bangputtys, Wellengott der Ostsee.

Okopirn, Gott der Winde.

Romowe, Ort und Sitz der Hauptgötter in einer alten, knorrigen Eiche.

Perkunos, Gott des Donners und Feuers.

Patrimpe, Gott des Krieges.

Pekellos, auch **Pekollos,** Gott des Verderbens und des Todes.

Nadrauen, Schamaiten, Sudaunen, Schalauen, Länder im späteren Ostpreußen.

Puskaitis, Wald- und Baumgott.

Laumene, piesackt Leute, entführt Kinder, schneidet Pferden Mähnen und Schweife ab.

Ausca, Göttin der Morgenröte.

Saules, Sonnengöttin.

Aschviniai, Zwillingsbrüder, die den Sonnenwagen ziehen.

Giltine, Göttin des schmerzhaften Todes.

Jurate, Meeresgöttin der Ostsee.

Barstucke, kleine Männchen.

Puschkaytis, Erdgott.

Lauma, Schicksalsgöttin.

Printed in Great Britain
by Amazon

16238462R00123